朗读是一种高雅的姿态

朗读是一种神圣的仪式

曹文轩

# 曹文轩美文朗读
·珍藏版·

## 花指头

曹文轩 著

图书在版编目（CIP）数据

花指头／曹文轩著．—北京：北京大学出版社，2011.7
（曹文轩美文朗读·珍藏版）
ISBN 978-7-301-17161-5

Ⅰ．①花… Ⅱ．①曹… Ⅲ．①儿童文学－小说－作品集－中国－当代 Ⅳ．①I287.47

中国版本图书馆 CIP 数据核字（2010）第 074648 号

书　　　名：花指头
著作责任者：曹文轩　著
丛 书 主 持：郭　莉
责 任 编 辑：刘　维
全 书 彩 绘：Y. nana
标 准 书 号：ISBN 978-7-301-17161-5/I·2231
出 版 发 行：北京大学出版社（北京市海淀区成府路 205 号　100871）
网　　　址：http://www.jycb.org　　　http://www.pup.cn
电 子 信 箱：zyl@pup.pku.edu.cn
电　　　话：邮购部 62752015　发行部 62750672　编辑部 62767346
　　　　　　出版部 62754962
印　刷　者：北京中科印刷有限公司
经　销　者：新华书店
　　　　　　890 毫米×1240 毫米　A5　8.375 印张　120 千字　4 插页
　　　　　　2011 年 7 月第 1 版　2011 年 7 月第 1 次印刷
定　　　价：25.00 元（附光盘）

未经许可，不得以任何方式复制或抄袭本书之部分或全部内容。
**版权所有，侵权必究**
举报电话：(010) 62752024　电子信箱：fd@pup.pku.edu.cn

曹文轩，1954年1月生于江苏盐城。中国作家协会全国委员会委员，北京作家协会副主席，北京大学教授、博士生导师。主要文学作品集有《红葫芦》、《甜橙树》等。长篇小说有《山羊不吃天堂草》、《草房子》、《红瓦》、《根鸟》、《细米》、《青铜葵花》、《天瓢》、《大王书》等。《红瓦》、《草房子》、《根鸟》、《细米》、《天瓢》、《青铜葵花》以及一些短篇小说分别被翻译为英、法、德、日、韩等文字。获奖40余种，其中有中国安徒生奖、国家图书奖、"五个一工程"优秀作品奖、中国图书奖、中华人民共和国政府图书奖、宋庆龄文学奖金奖、中国作协儿童文学奖、冰心文学大奖、金鸡奖最佳编剧奖、中国电影华表奖、德黑兰国际电影节"金蝴蝶"奖等。2004年获国际安徒生奖提名奖。

曹文轩老师在孩子们中间

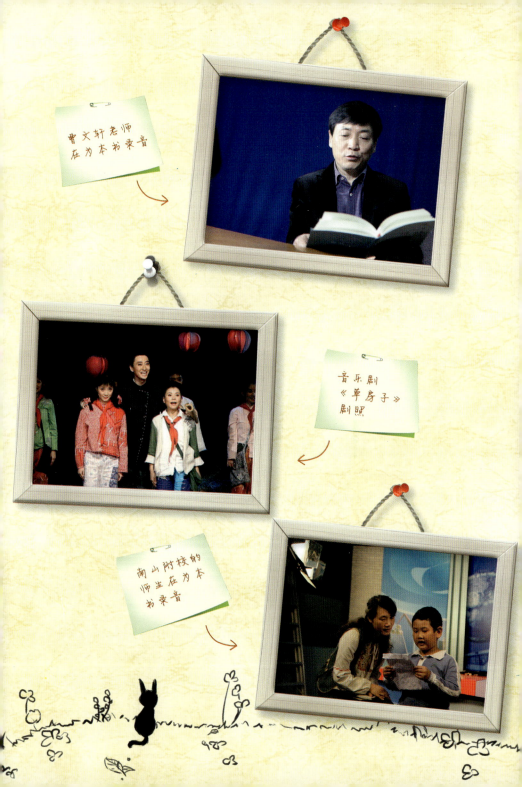

白鸽在天上盘旋着,当时正是一番最好的秋天的阳光,鸽群从天空滑过时,满空中泛着迷人的白光。

——《纸月》

菊坡所特有的柿子树，一棵一棵，散落在坡上、水边，叶子都已被秋风吹落，而柿子却依然挂满枝头。

——《米溪》

根鸟和秋蔓无忧无虑地玩耍着,他们对一切都充满了兴趣,在这丰富多彩的田野上惊讶着、欢笑着。

——《米溪》

孩子们就这样高高地举着手指,并互相欣赏着,笑嘻嘻的,特别的快乐。

——《花指头》

# 出版说明

　　我社于2009年5月出版的"曹文轩美文朗读"丛书,以其唯美风格和高雅品质,受到了广大读者的热烈欢迎。

　　应各地读者的强烈要求,今年我社又推出"曹文轩美文朗读·珍藏版"。"珍藏版"除了新增部分篇目,制作更为唯美的封面、插图,并更新书名外,还在所附的示范朗读光盘中增加了曹文轩教授、四川人民艺术剧院《草房子》音乐剧演员、中央教育科学研究所南山附属学校"天堂鸟阅读团队"师生等所作的示范朗读。这套丛书装帧采用精美的软精装,非常适合小读者收藏。

北京大学出版社<br>2011年7月

# 朗读的意义

曹文轩

关于阅读的意义，我们已经有了丰富多彩的阐述：阅读是一种人生方式；阅读是对人的经验的壮大；阅读还有助于创造经验；阅读养性；阅读的力量神奇到能改变一个人的外形；在没有宗教情怀的世界里，阅读甚至可以作为一门优美而神圣的宗教……

可在今天这个有着无穷无尽的诱惑的世界里，人们对阅读却越来越疏离了，甚至连中小学生们都对阅读越来越不感兴趣了。这个情况当然是很糟糕的，甚至是很悲哀的。

无数的人问我："究竟有什么办法让孩子喜欢阅读？"

我答道："朗读——通过朗读，将他们从声音世界渡到文字世界。"

难道还有更好的方法吗？一个孩子不愿意阅读，你对他讲阅读的意义，有用吗？就怕是你说到天上去，他大概还是不肯阅读的。可是我们现在来做一个设想：一个具有出色朗读能力的语文老师或者是学校请来的一个著名演员，在他们班上声情并茂地朗读了一部小说里的片段，那是一个优美的、感人的、智慧的、扣人心弦的精彩片段，那个孩子在不知不觉之中被深深吸引住了，朗读结束之后，他就一直在惦记着那部小说，甚至急切地想看到那部小说，后来他终于看到了它，而一旦他进入了文字世界之后，就再也不想放弃了。于是，我们就可以有充足的理由对这个孩子的阅读乃至成长抱了希望。

朗读在发达国家是一个日常行为。

2006年9月，我应邀参加了第六届柏林国际文学节。在柏林的几天时间里，我参加最多的就是各种各样的朗读会。他们将我的长篇小说《草房子》以及我的一些短篇小说翻译成德文，然后请他们国家的一流演员去学校、去社区图书馆朗读，参加者有学生，也有成年人——不同阶层、不同年龄的成年人。在我的感觉里，朗读对他们而言，是日常生活中一件经常的却是非常重要的事情。四五人、五六人、十几人、上百人坐下来，然后听一个或几个人朗读一篇（部）经典的作品，或一段，或全文。可见朗读在德国这样的发达国家，是一种日常的、同时也是一种非常优雅的行为。

"'语文'学科，早先叫'国文'，后改为'国语'，1949年后改称'语文'，从字面上看，'语'的地位似乎提高了，实际上，'重文轻语'是中国语文教学中的一大弊病。"（刘卓）

"语文语文"，"文"是第一的，"语"是次要的，甚至是无足轻重的。重"文"轻"语"，这是中国的文化传统。中国在很多时候，把"文"看得十分重要，而把"语"给忽略掉了，甚至是贬低"语"的。"巧言令色"，能说会道，是坏事。是君子，便应"讷于言而敏于行"。"讷"——"木讷"的"讷"，便是指一个人语言迟钝，乃至沉默寡言，而这是美德，认为这样的人是仁者。

"水深流去慢，贵人话语迟。"这便是中国人数百年、数千年所欣羡的境界。当然中国也有极端的历史时期是讲究说的。说客——说客时代。那番滔滔雄辩，口若悬河，真是让人对语言的能力感到惊讶。但日常生活中，中国人还是不太喜欢能说会道的人的。"讷"，竟然成了做人最高的境界之一，这实在让人感到可疑。

2008年，美国总统竞选，很让我着迷，着迷的就是奥巴马的演讲。他的演讲很神气，很精彩，很迷人，很有诗意。从某种意义上讲，美国总统竞选，就是比一比谁更能说——更能"语"。我听奥巴马的讲演，就觉得他是在朗读优美的篇章。

说到朗读上来——不朗读——不"语"，我们对"文"也就难以有最深切的理解。

我去各地中小学校作讲座，总要事先告知学校的校长老师，让他们通知听讲座的孩子带上本子和笔。我要送孩子们几句话。每送一句，我都要求他们记在本子上。接下来，就是请求他们大声朗读我送给他们的每一句话。我对他们说："孩子们，有些话，我们是需要念出来甚至是需要喊出来的，而且要很多人在一起念出来、喊出来。这是一种仪式，这种仪式对我们的成长是有用的。"

当我们朗读时，特别是当我们许多人在一起朗读时，我们自然就有了一种仪式感。

而人类是不能没有仪式感的。

仪式感纯洁和圣化了我们的心灵，使我们在那些玩世不恭、只知游戏的轻浮与浅薄的时代，有了一分严肃，一分崇高。

于是，人类社会有了质量。

当下是口语化的时代，而这口语的质量又相当低下。恶俗的口语，已成为时尚，这大概不是一件好事。

优质的民族语言，当然包括口语。

口语的优质，是与书面语的悄然进入密切相关的。而这其中，朗读是将书面语的因素转入口语，从而使口语的品质得以提高的很重要的一环。

朗读着，朗读着，优美的书面语在不知不觉中变成了口语，从而提升了口语的质量。

朗读是体会民族语言之优美的重要途径。

汉语的音乐性、汉语的特有声调，所有这一切，都使得汉语成为一种在声音上优美绝伦的语言。朗读既可以帮助学生们加深对文本的理解，同时也可以帮助他们感受我们民族语言的声音之美，从而培养他们对母语的亲近感。

朗读还有一大好处，那就是它可以帮助我们淘汰那些损伤精神和心智的末流作品。

谁都知道，能被朗读的文本，一定是美文，是抒情的或智慧的文字，不然是无法朗读的。通过朗读，我们很容易地就把那些末流的作品杜绝在大门之外。

北大出版社打造这套丛书，我之所以愿意从我全部的文字中筛选出这些文字，都是一个用意——

以这些也许微不足道的文字，去迎接一个朗读时代的到来。

2009年5月8日于北京大学蓝旗营

# 目录

**纸月 / 1**

  浸月寺 * (25—33)　　　示范朗读者：四川人民艺术剧院　董凡

**红门 / 51**

  漂流 * (68—74)　　　示范朗读者：中央教科所南山附校　于海丽、王炅

  大芦荡 * (74—80)　　　示范朗读者：中央教科所南山附校　李世勇、李天禹

**岩石上的王 / 91**

  洁白的旋涡 (98—110)

  旭日东升 * (127—130)　　　示范朗读者：中央人民广播电台　成亚

**米溪 / 131**

  奔驰在西去的路上 * (134—145)　　　示范朗读者：四川人民艺术剧院　贾建立

春天的平原＊（146—151） 示范朗读者：中央人民广播电台 成亚

## 枫叶船 / 201

枫叶船（203—222）

## 鸟船 / 223

## 花指头 / 231

瞧瞧我的手指头（237—241）

电影船（243—247）

蜻蜓（253—255）

> 注：目录中楷体字篇目为推荐朗读内容，其中，标有"＊"的，为示范朗读内容，其正文已配录音。正文中凡推荐朗读的内容均已用楷体字标示。

# 纸月

**曹文轩美文朗读·珍藏版**
CAOWENXUAN MEIWEN LANGDU ZHENCANGBAN

浸月寺立在坡上。

立在深院里的寺庙，四角翘翘，仿佛随时都要随风飞去。寺庙后面还是林子，有三两株高树，在它的背后露出枝条来。寺前是两株巨大的老槐，很少枝条，而偶尔剩下的几根，在风中轻轻摇动，显得十分苍劲。风略大一些，四角垂挂的风铃一起响起，丁丁当当，衬得四周更是寂静。

——《纸月》

花指头
HUAZHITOU

# 1

纸月的外婆用手拉着纸月,出现在桑桑家的院子里时,是那年秋天的一个下午。那时,桑桑正在喂他的那群纯一色的白鸽。白鸽受了陌生人的惊扰,呼啦一声飞了起来,这时,桑桑一眼看到了纸月:她被白鸽的突然起飞与那么强烈的翅响惊得紧紧搂住外婆的胳膊,靠在外婆的身上,微微缩着脖子,还半眯着眼睛,生怕鸽子的翅膀会打着她似的。

白鸽在天上盘旋着。当时正有着秋天最好的阳光,鸽群从天空滑过时,天空中闪着迷人的白光。这些小家伙,居然在见了陌生人之后,产生了表演的欲望,在空中潇洒而优美地展翅、滑翔或作集体性的俯冲、拔高与穿梭。

桑桑看到了外婆身旁一张微仰着的脸、一对乌黑乌黑的眼睛。

白鸽们终于像倒转的旋风,朝下盘旋,然后又纷纷落进院子里,发出一片咕咕声。

纸月慢慢地从受了惊吓的状态里出来,渐渐松开外婆的胳膊,好奇而又欢喜地看着这一地雪团样的白鸽。

"这里是桑校长家吗?"纸月的外婆问。

桑桑点点头。

"你是桑桑?"纸月的外婆拉着纸月往前走了一步。

桑桑点点头,但用疑惑的目光望着纸月的外婆:你是怎么知道我叫桑桑的?

"谁都知道,桑校长家有个长得很俊的男孩,叫桑桑。"

桑桑突然不安起来,因为,他看到了自己的样子:没有穿鞋,两只光脚脏兮兮的;裤子被胯骨勉强地挂住,一只裤管耷拉在脚面,而另一只裤管却卷到了膝盖以上;褂子因与人打架,缺了纽扣,而两只小口袋,有一只也被人撕得只有一点点连着。

"你爸爸在家吗?"纸月的外婆问。

"在。"桑桑趁机跑进屋里,"爸,有人找。"

桑乔走了出来。他认识纸月的外婆,便招呼纸月的外婆与纸月进屋。

纸月还是拉着外婆的手,一边望着鸽子,一边

# 花指头
HUAZHITOU

轻手轻脚地走着,生怕再惊动了它们。而鸽子并不怕纸月,其中一只,竟然跑到了纸月的脚下来啄一粒玉米。纸月就赶紧停住不走,直到外婆用力拉了她一下,才侧着身子走过去。

桑桑没有进屋,但桑桑很注意地听着屋子里的对话——

"这丫头叫纸月。"

"这名字好听。"

"我想把纸月转到您的学校来上学。"

"那为什么呢?"

停顿了一阵,纸月的外婆说:"也不为什么。只是纸月这孩子不想再在板仓小学念书了。"

"这恐怕不行呀。上头有规定,小孩就地上学。纸月就该在板仓小学上学。再说,孩子来这儿上学也很不方便,从板仓走到油麻地,要走三里路。"

"她能走。"

屋里没有声音了。过了一会儿,父亲说:"您给我出难题了。"

"让她来吧。孩子不想在那儿念书了。"

"纸月,"父亲的声音,"这么远的路,你走得动吗?"

停了停,纸月说:"我走得动。"

过了一会,父亲说:"我们再商量商量吧。"

"我和纸月谢谢您了。"

桑桑紧接着听到了父亲吃惊的声音:"大妈,别这样别这样!"桑桑走到门口往屋里看了一眼,只见外婆拉着纸月正要在父亲面前跪下来,被父亲一把扶住了。

随即,桑桑听到了外婆与纸月的轻轻的啜泣声。

桑桑蹲在地上,呆呆地看着他的鸽子。

父亲说:"再过两天就开学了,您就让孩子来吧。"

纸月和外婆走出屋子,来到院子里,正要往外走时,桑桑的母亲挎着竹篮从菜园里回来了。桑桑的母亲一见了纸月,就喜欢上了:"这小丫头,真体面。"

几个大人,又说起了纸月转学的事。母亲说:"遇到刮风下雨天,纸月就在我家吃饭,就在我家住。"母亲望着纸月,目光里满是怜爱。当母亲忽然注意到桑桑时,说:"桑桑,你看看人家纸月,浑身

## 花指头
HUAZHITOU

上下这么干干净净的,你看你那双手,剁下来狗都不闻。"

桑桑和纸月都把手藏到了身后。桑桑藏住的是一双满是污垢的黑乎乎的手,纸月藏住的却是一双白净的细嫩如笋的手。

纸月和她的外婆走后,桑桑的父亲与母亲就一直在说纸月家的事。桑桑就在一旁听着,将父亲与母亲支离破碎的话连成了一个完整的故事:

纸月的母亲是这一带长得最水灵的女子。后来,她怀孕了,肚皮一日一日地隆起来。但谁也不知道这孩子是谁的,她也不说,只是一声不吭地让孩子在她的肚子里一天一天地大起来。纸月的外婆似乎也没有太多地责备纸月的母亲,只是做她应该做的事情。纸月的母亲在怀着纸月的时候,依然是那么好看,只是脸色一天比一天苍白,眼窝一天比一天深陷下去。她不常出门,大多数时间就是在屋子里给将要出生的纸月做衣服做鞋。她在那些衣服与裤子上绣上了她最喜欢的花,一针一线的,都很认真。秋天,当田野间的野菊花开出一片黄的与淡紫的小花朵时,纸月出世了。一个月后,纸月的母亲在一天黄昏离开了家门。两天后,人们在四周长满菖蒲的水塘里找到了她。从此,纸月的外婆,既作为纸月的外婆,又作为纸月的母亲,一日一日,默默地抚养着小小的纸月。

关于纸月为什么要从板仓小学转到油麻地小学来读书,桑桑的父亲的推测是:"板仓小学那边肯定有坏孩子欺负纸月。"

桑桑的母亲听了,倚在门框上,长长地叹了一口气……

## 2

桑桑向母亲提出他要有一件新褂子,理由是马上就要开学了,他应该有一件新褂子。

母亲说:"这是太阳从西边出来了,你也知道要新衣服了。"就很快去镇上扯回布来,领着桑桑去一个做缝纫活的人家量了身长,并让他尽快将活做出来。

开学头一天下午,桑桑跑到水码头,将衣服脱了扔在草上,然后撩着河水洗着身子。秋后的河水

已经很凉了。桑桑一激灵一激灵的,在水码头上不停地跳,又颤颤抖抖地把那些乡谣大声叫唤出来:

> 姐姐十五我十六,
> 妈生姐姐我煮粥。
> 爸爸睡在摇篮里,
> 没有奶吃向我哭。
> 记得外公娶外婆,
> 我在轿前放爆竹。

就有人发笑,并将桑桑的母亲从屋里叫出来:"看你家桑桑在干什么呢。"

桑桑的母亲走到河边上,不知是因为桑桑的样子很好笑,还是因为桑桑大声嚷嚷着的乡谣很好笑,就绷不住脸笑了:"小猴子,冻死你!"

桑桑转身对着母亲,用肥皂将自己擦得浑身是沫,依然不住声地大叫着。

桑桑的母亲过来要拉桑桑,桑桑就趁机往后一仰,跌进河里。

桑桑觉得自己总算洗得很干净了,才爬上岸。

现在,桑桑的母亲见到的桑桑,是一个浑身被清冽的河水洗得通红、没有一星污垢的桑桑。

桑桑穿好衣服,说:"我要去取我的白褂子。"说着就走了。

桑桑的衣服被搁下了,还没有做好。桑桑就坐在人家门槛上等。人家只好先把手里的活停下来做他的白褂子。桑桑直到把白褂子等到手才回家,那时天都黑了,村里人家都已亮灯了。回到家,桑桑的脑袋被正在吃饭的母亲用筷子敲了一下:"这孩子,像等不及了。"

第二天,桑桑上学路过办公室门口时,首先是正在往池塘边倒药渣的温幼菊发现了桑桑。她惊讶地说:"哎哟,桑桑,你要干吗?"

那时,各班老师都正准备往自己的教室走,见了整日泥猴一样甚至常不洗脸的桑桑,今日居然打扮成这样,都围过来看。六年级的语文老师朱恒问:"桑桑,是有相亲的要来吗?"

桑桑说:"去你的。"他自己也感觉到,他的小白褂子实在太白了,赶紧往自己的教室走。

桑桑进了教室,又遭到同学们一阵哄笑。不知

## 花指头
HUAZHITOU

是谁喊了一声"小白褂",随即全体响应:"小白褂!小白褂……"

眼见着桑桑要恼了,他们才停止叫唤。

上课前一刻钟,正当教室里乱得听不清人语时,蒋一轮领着纸月出现在门口。教室里顿时安静下来。大家都在打量纸月:纸月上身穿着袖口大大的紫红色褂子,下身穿着裤管微微短了一点的蓝布裤子,背着一只墨绿色的绣了一朵红莲花的书包,正怯生生地看着大家。

"她叫纸月,是你们的新同学。"蒋一轮说。

"纸月?她叫纸月。"孩子们互相咀嚼着这一名字。

从此,纸月就成了桑桑的同学,一直到六年级第二学期初纸月突然离开草房子为止。

纸月坐下后,看了一眼桑桑,那时桑桑正趴在窗台上看他的鸽群。

纸月到油麻地小学读书,引起了一些孩子的疑惑:她为什么要跑这么远来上学呢?但过了几天,大家也就不再去疑惑了,仿佛纸月本来就是他们的一个同学。而纸月呢,畏畏缩缩地生疏了几天之后,也与大家慢慢熟起来。她先是与女生们说了话,后又与男生们说了话,一切都正常起来。唯一有点奇怪的是:她还没有与她第一个见到的桑桑说过话。而桑桑呢,也从没有要主动与她说话的意思。不过,这也没有什么。总之,纸月觉得在油麻地小学读书,挺愉快的,那张显得有点苍白的脸上,总是微微地泛着红润。

不久,大家还知道了这一点:纸月原来是一个很了不起的女孩子。她的毛笔字大概要算是油麻地小学的学生中间写得最好的一个了。蒋一轮老师恨不能给纸月的大字簿上的每一个字都画上红色的圆圈。桑乔的毛笔字,是油麻地小学的老师中间写得最好的一个。他翻看了蒋一轮拿过来的纸月的大字簿,说:"这孩子的字写得很秀丽,不骄不躁,是有来头的。"就让蒋一轮将纸月叫来,问她:"你的字是谁教的?"纸月说:"没有人教。"纸月走后,桑乔就大感不解,对蒋一轮说:"这不大可能。"那天,桑乔站在正在写大字的纸月身后,一直看她将一张纸写完,然后从心底里认定:"这孩子的坐相、握笔与运笔,绝对是有规矩与讲究的,不可能是天生

## 花 指 头
HUAZHITOU

的。"后来,桑乔又从蒋一轮那里得知:这个小纸月还会背许多古诗词。现在语文课本上选的那些古诗词,她是早就会了的,并且还很会朗诵。蒋一轮还将纸月写的作文拿给桑乔看了,桑乔直觉得那作文虽然还是一番童趣,但在字面底下,却有一般其他孩子根本不可能有的灵气与书卷气。所有这一切,都让桑乔十分纳闷。他询问过板仓小学的老师,板仓小学的老师也说不出个所以然来。

不过,桑乔心里倒是暗暗高兴:油麻地小学收了这么一个不错的女孩子。

纸月却没有一点点傲气。她居然丝毫也不觉得她比其他孩子有什么高出的地方,一副平平常常的样子。她让油麻地小学的老师们觉得,她大概一辈子都会是一个文弱、恬静、清纯而柔和的女孩儿。

桑桑觉得很难说纸月就没有对他说过话。只不过是她没有用嘴说,而是用眼睛说罢了。比如说桑桑在课桌上再架课桌,又架课桌,最后还加了一张小凳,然后玩杂技一样颤颤抖抖地爬到最顶端,到高墙的洞中掏麻雀时,纸月见了,就仰着脸,两手抱着拳放在下巴下,眼睛睁得大大的,满是紧张与担忧。这时,桑桑假如看到了这双眼睛,就会听出:"桑桑,你下来吧,下来吧。"再比如说桑桑顺手从地里拔了根胡萝卜,在袖子上搓擦了几下,就咯吱咯吱地吃起来时,纸月见了,就会令人觉察不到地皱一下眉头,嘴微微地张着看了一眼桑桑。这时,桑桑假如看到了这双眼睛,就会听出:"桑桑,不洗的萝卜也是吃得的吗?"再比如说桑桑把时间玩光了,来不及去抠算术题了,打算将邻桌的作业本抓过来抄一通时,纸月看见了,就会把眼珠转到眼角上来看桑桑。这时,假如桑桑看到了这双眼睛,就会听出:"桑桑,这样的事也是做得的吗?"又比如说桑桑与人玩篮球,在被对方狠咬了一口,胳膊上都流出鲜血来了,也没有将手中的球松掉,还坚持将它投到篮筐里时,纸月看见了,就会用细白的牙齿咬住薄薄的、血色似有似无的嘴唇,弯曲的双眉下,眼睛在阳光下跳着亮点。这时,假如桑桑看到了这双眼睛,就会听出:"桑桑,你真了不起!"

这些日子,吃饭没有吃相,走路没有走相,难得安静的桑桑,似乎多了几分柔和。桑桑的母亲很纳闷,终于在见到桑桑吃饭不再吃得桌上汤汤水水,

花指头
HUAZHITOU

直到将碗里最后一颗米粒也拨进嘴里才去看他的鸽子时,向桑桑的父亲感叹道:"我们家桑桑,怎么变得文雅起来了?"

这时,正将饭吃得桌上汤汤水水的妹妹柳柳,向母亲大声说:"哥哥不再抢我的饼吃了。"

## 3

初冬的一天下午,北风越刮越大,到了快放学时,天气迅捷阴沉下来。桑桑家的那些在外觅食的鸽子,受了惊吓,立即离开野地,飞上乱云飞渡的天空,然后像被大风吹得乱飘的枯叶一般,飘飘忽忽地飞回草房子。白杨在大风里鸣响,旗杆上的麻绳一下一下猛烈地鞭打着旗杆,发出叭叭的声响。孩子们兴奋而略带恐怖地坐在教室里,早已听不下去课,只在心里想着:怎么回家去呢?桑乔走出办公室,呛了几口北风,系好领扣,看了看眼看就要压到头上的天空,便跑到各个教室说:"现在就放学!"

不一会儿,各个教室的门都打开了,孩子们只管将书本与文具胡乱地塞进书包,叫喊着,或互相呼唤着同路者的名字,纷纷往校园外面跑,仿佛马上就有一场劫难。

纸月收拾好自己的书包时,教室里就只剩她一个人了。她朝门外看了看,一脸的惶恐与不安。因为,她马上想到了:不等她回到家中,半路上就会有暴风雨的。那时,前不着村后不着店,她可怎么办呢?

桑桑的母亲正在混乱的孩子群中朝这边走着,见着站在风中打哆嗦的桑桑问:"纸月呢?"

桑桑:"在教室里。"

桑桑的母亲急忙走到教室门口:"纸月。"

纸月见了桑桑的母亲,学着外婆的叫法,叫了一声:"师娘。"

"你今天不要回家了。"

"外婆在等我呢。"

"我已托人带信给你外婆了。跟我回家去。天马上就要下雨了。"

纸月说:"我还是回家吧。"

桑桑的母亲说:"你会被雨浇在半路上的。"说

## 花 指 头
HUAZHITOU

罢,就过来拉住纸月冰凉的手:"走吧,外婆那边肯定会知道的。"

当纸月跟着桑桑的母亲走出教室时,纸月不知为什么低下了头,眼睛里汪了泪水。

一直在不远处站着的桑桑,见母亲领着纸月正往这边走,赶紧回头先回家了。

纸月来到桑桑家不久,天就下起雨来,一开头就很猛烈。桑桑趴在窗台上往外看时,只见四下里白茫茫的一片,油麻地小学的草房子在雨幕里都看不成形了,虚虚幻幻的。

柳柳听说纸月要在她家过夜,异常兴奋,拉住纸月的手就不肯再松下,反复向母亲说:"我跟纸月姐姐一张床。"

纸月的神情不一会就安定自如了。

在柳柳与纸月说话,纸月被柳柳拉着在屋里不住地走动时,桑桑在一旁不住地给两只小鸽子喂食。忙着做晚饭的母亲,在弥漫于灶房里的雾气中说:"你是非要把这两只小鸽子撑死不可。"

桑桑这才不喂鸽子。可是桑桑不知道做什么好。他只好又趴到窗台上去,望望外面:天已晚了,黑乎乎的,那些草房子已几乎看不见了。但桑桑通过檐口的雨滴声,至少可以判断出离他家最近的那两幢草房子的位置。桑桑的耳朵里,除了稠密的雨声,偶尔会穿插进来柳柳与纸月的说笑声。

隐隐约约地,从屋后的大河上,传来打鱼人因为天气不好而略带些悲伤的歌声。

纸月果然被桑桑的母亲安排和柳柳睡一张床。柳柳便脱了鞋,爬到床上高兴地蹦跳。母亲就说:"柳柳别闹。"柳柳却蹦得更高。

母亲及时地在屋子中央烧了一个大火盆。屋外虽是凉风冷雨,但这草房子里,却是暖融融的。柳柳与纸月的脸颊被暖得红红的。

在睡前忙碌的母亲,有时会停住看一眼纸月。她的目光里,总是含着一份丢不下的怜爱。

桑桑睡在里间,纸月和柳柳睡在外间。里间与外间,隔了一道薄薄的用芦苇秆编成的篱笆。因此,外间柳柳与纸月的说话声,桑桑都听得十分分明——

纸月教柳柳一句一句地念着:

## 花指头
### HUAZHITOU

一树黄梅个个青,
打雷落雨满天星。
三个和尚四方坐,
不言不语口念经。

柳柳一边念一边乐得咯咯笑。学完了,又缠着纸月再念一个。纸月很乐意:

正月梅花香又香,
二月兰花盆里装。
三月桃花红十里,
四月蔷薇靠短墙。
五月石榴红似火,
六月荷花满池塘。
七月栀子头上戴,
八月桂花满树黄。
九月菊花初开放,
十月芙蓉正上妆。
十一月水仙供上案,
十二月腊梅雪里香。

桑桑睁着一双大眼,也在心里默默地念着。

母亲将一切收拾停当,在里屋叫道:"柳柳,别再总缠着姐姐了,天不早了,该睡觉了。"

灯一盏一盏地相继熄灭。

两个女孩在一条被窝里睡着,大概是互相碰着了,不住地咯咯地笑。过不一会儿,柳柳说:"纸月姐姐,我和你一头睡行吗?"

纸月说:"你过来吧。"

柳柳就像一只猫似的从被窝里爬了过来。当柳柳终于钻到纸月怀里时,两个女孩又是一阵咯咯咯的笑。

就听见里屋里母亲说了一句:"柳柳疯死了。"

柳柳赶紧闭嘴,直往纸月怀里乱钻着。但过不一会儿,桑桑就又听见柳柳跟纸月说话。这回声音小,好像是两个人都钻到被窝里去了。但桑桑依然还是隐隐约约地听清了——是柳柳在向纸月讲他的坏话——

柳柳:"好多年前,好多年前,我哥哥……"

纸月:"怎么会好多年前呢?"

# 花指头
## HUAZHITOU

柳柳:"反正有好几年了。那天,我哥哥把家里的一口锅拿到院子里,偷偷地砸了。"

纸月:"砸锅干什么?"

柳柳:"卖铁呗。"

纸月:"卖铁干什么?"

柳柳:"换钱呗。"

纸月:"换钱干什么?"

柳柳:"换钱买鸽子呗。"

纸月:"后来呢?"

柳柳:"后来妈妈烧饭,发现锅没有了,就找锅,到处找不着,就问哥哥看见锅没有,哥哥看着妈妈就往后退。妈妈明白了,就要去抓住哥哥……"

纸月:"他跑了吗?"

柳柳:"跑了。"

纸月:"跑哪儿啦?"

柳柳:"院门正好关着呢,他跑不了,就爬到猪圈里去了。"

纸月:"爬到猪圈里去了?"

柳柳:"爬到猪圈里去了。老母猪就哼哼哼地要过来咬他……"

纸月有点紧张:"咬着了吗?"

柳柳:"哥哥踩了一脚猪屎,又爬出来了……"

纸月躲在被窝里笑了。

柳柳:"我哥可脏了。他早上不洗脸就吃饭!"

桑桑听得咬牙切齿,恨不能从床上蹦下来,一把将柳柳从热烘烘的被窝里抓出来,然后踢她一脚。

幸好,柳柳渐渐困了,又糊里糊涂说了几句,就搂着纸月的脖子睡着了。

不一会儿,桑桑就听到了两个女孩细弱而均匀的鼾声。

窗外,雨还在淅沥淅沥地下着。有只鸽子,大概是被雨打湿了,咕咕叫着,但想到这也是很平常的事,叫了两声,也就不叫了。

桑桑不久也睡着了。

后半夜,风停了,雨停了,天居然在飘散了三两团乌云之后,出来了月亮。

夜行的野鸭,疲倦了,就往大河里落。落到水面上,大概是因为大鱼好奇地吸吮了它们的脚,惊得呱呱一阵叫。

桑桑醒来了。桑桑的第一个念头,就是想撒尿,

## 花指头
HUAZHITOU

但桑桑不能撒尿。因为桑桑想到自己如果要撒尿,就必须从里间走出,然后穿过外间走到门外去,而从外间走过时,必须要经过纸月的床前。桑桑只好忍着。他感觉到自己的小肚子正越来越严重地鼓胀起来。他有点懊悔晚上不该喝下那么多汤的。可是当时,他只想头也不抬地喝。幸亏就那么多汤,如果盆里有更多的汤,这下就更糟糕了。桑桑不想一个劲地想着撒尿,就让自己去想点其他的事情。他想到了住在校园里的秦大奶奶:现在,她是睡着呢,还是醒着呢?听父母亲说,她一个人过了一辈子。这么长的夜晚,就她一个人,不觉得孤单吗?他又想到了油麻地第一富庶人家的儿子杜小康。他在心里说:你傲什么?你有什么好傲的?但桑桑又不免悲哀地承认一年四季总是穿着白球鞋的杜小康,确实是其他孩子不能比的——他的样子,他的成绩,还有很多很多方面,都是不能和他比的。桑桑突然觉得,杜小康傲,是有理由的。但桑桑依然不服气,甚至很生气……

小肚的胀痛,打断了桑桑的思路。

桑桑忽然听到了纸月于梦中发出的叹气声。于是桑桑又去很混乱地想纸月:纸月从田埂上走过来的样子,纸月读书的声音,纸月的毛笔字,纸月在舞台上舞着大红绸……

后来,桑桑又睡着了。

第二天早上,母亲在收拾桑桑的床时,手突然感觉到了潮湿,打开被子一看,发现桑桑夜里尿床了。她很惊诧:桑桑还是五岁前尿过床,怎么现在十多岁了又尿床了?她一边将被子抱到院子里晾着,一边在心里犯嘀咕。

早晨的阳光十分明亮地照着桑桑的被子。

温幼菊进了院子,见了晾在绳子上的被,问:"是谁呀?"

母亲说:"是桑桑。"

那时,纸月正背着书包从屋里出来。但纸月只看了一眼那床被子,就走出了院子。

桑桑一头跑进了屋子。

过了一刻钟,桑桑出来了,见院子里无人,将被子狠狠地从绳子上扯下来,扔到了地上。而当时的地上,还留着夜间的积水。

母亲正好出来看到了,望着已走出院门的桑桑:

"你找死哪!"

桑桑猛地扭过头来看了母亲一眼,抹了一把眼泪,跑掉了。

# 4

这天,纸月没有来上学。她的外婆来油麻地小学请假,说纸月生病了。纸月差不多有一个星期没有来上学。蒋一轮看看纸月落下了许多作业,就对桑桑说:"你跑一趟板仓,将作业本给纸月带上,把老师布置的题告诉她,看她能不能在家把作业补了。"

桑桑点头答应了,但桑桑不愿一个人去,就拉了阿恕一起去。可是走到半路上,遇到了阿恕的母亲,硬把阿恕留下了,说她家的鸭子不知游到什么地方去了,让阿恕去找鸭子。桑桑犹豫了一阵,就只好独自一人往板仓走。

桑桑想象着纸月生病的样子。但天空飞过一群鸽子,他就仰脸去望。他把那群鸽子一只一只地数了。他见了人家的鸽群,总要数一数。若发现人家

## 浸月寺

的鸽群大于他的鸽群,他就有些小小的嫉妒;若发现人家的鸽群小于他的鸽群,他就有些小小的得意。现在,头上的这个鸽群是小于他的鸽群的,他就笑了,并且蹦起来,去够头上的树枝,结果把纸月的作业本震落了一地。他只好蹲下来收拾作业本,并把作业本上的灰擦在裤子上。鸽群还在他头上飞,他沉浸在得意感里,早把纸月忘了。

离板仓大约一里地,有条大河。大河边上有一大片树林,在林子深处,有一座古寺,叫浸月寺。鸽群早已消失了,桑桑一边走,一边想那座古寺。他和母亲一起来过这座古寺。桑桑想:我马上就要见到那座古寺了。

桑桑走到了大河边,不一会,就见到了那片林子。不知为什么,桑桑并不想立即见到纸月。因为他不知道自己在见了纸月以后,会是什么样子。桑桑是一个与女孩子说话就会脸红的男孩。越走近板仓,他就越磨蹭起来。他走进了林子,想看看浸月寺以后再说。有一条青石板的小道,弯弯曲曲地隐藏在林子间,把桑桑往林子深处引着。

正在冬季里,石板小道两边,无论是枫树、白

## 花指头
HUAZHITOU

杨还是银杏，都赤条条的。风并不大，但林子还是呼呼呼地响着，渲染着冬季的萧条。几只寒鸦立在晃动的枝头，歪脸看着天空那轮冬季特有的太阳。

浸月寺立在坡上。

桑桑先听到浸月寺风铃的清音，随即看到了它的一角。风铃声渐渐大起来。桑桑觉得这风铃声很神秘，很奇妙，也很好听。他想：如果有一种鸽哨，也能发出这种声音，从天空中飘过，这会怎样呢？桑桑的许多想法，最后都是要与他的那群鸽子汇合到一起去。

拐了一道弯，浸月寺突然整个放在了桑桑的眼前。

立在深院里的寺庙，四角翘翘，仿佛随时都要随风飞去。寺庙后面还是林子，有三两株高树，在它的背后露出枝条来。寺前是两株巨大的老槐，很少枝条，而偶尔剩下的几根，在风中轻轻摇动，显得十分苍劲。风略大一些，四角垂挂的风铃一起响起，丁丁当当，衬得四周更是寂静。

独自一人来到寺前的桑桑，忽然觉得被一种肃穆与庄严压迫着，不禁打了一个寒噤，小小的身体

浸月寺

收缩住，惶惶不安地望着，竟不敢再往前走了。

"往回走吧，去纸月家。"桑桑对自己说。但他并未往回走，反而往上走来了。这时，桑桑听到老槐树下传来了三弦的弹拨声。桑桑认得这种乐器。弹拨三弦的人，似乎很安静，三弦声始终不急躁，十分单纯。在桑桑听来，这声音是单调的，并且是重复的。但桑桑又觉得它这清纯的、缓慢的声音是好听的，像秋天雨后树枝上的雨滴落在池塘里那么好听。桑桑是油麻地小学文艺宣传队的胡琴手，桑桑多少懂得一点音乐。

三弦声总是这么响着。仿佛在许多许多年前，它就响了，就这么响的。它还会永远响下去，就这么地响下去。

桑桑终于怯怯地走到了寺院门口。他往里一看，见一个僧人正坐在老槐树下。那三弦正在他怀里似有似无地响着。

桑桑知道，这就是父亲常常说起的慧思和尚。

关于慧思和尚的身世，这一带人有多种说法。但桑桑的父亲只相信一种：这个人从前是个教书先生，并且是一个很有学问的教书先生，后来也不知

## 花指头
### HUAZHITOU

是什么原因，突然出家当和尚了。父亲实际并无充足的理由，只是在见过慧思和尚几次之后，从他的一手很好的毛笔字上，从他的一口风雅言辞上，从他的文质彬彬且又带了几分洒脱的举止上，便认定了许多种说法中的这一种。父亲后来也曾怀疑过他是一个念书已念得很高的学生。是先生也好，是学生也罢，反正，慧思和尚不是乡野之人。慧思和尚显然出生于江南，因为只有江南人才有那副清秀之相。慧思和尚是1948年来浸月寺的。据当时的人讲，慧思那时还不足二十岁，头发黑如鸦羽，面白得有点像个女孩子，让一些乡下人觉得可惜。后来，这里的和尚老死的老死了，走的走了，就只剩他一个独自守着这座也不知是建于哪年的古寺。因为时尚的变迁，浸月寺实际上已很早就不再像从前那样香烟缭绕了，各种佛事也基本上停止。浸月寺终年清静。不知是什么原因，慧思和尚却一直留了下来。这或许是因为他已无处可去，古寺就成了他的家。他坚持着没有还俗，在空寂的岁月中，依然做他的和尚。他像从前一样，一年四季穿着棕色的僧袍。他偶尔出现在田野上，出现在小镇上，这倒给平淡无奇的乡野增添了一道风景。

老槐树下的慧思和尚感觉到有人站在院门口,就抬起头来。

就在这一刹那间,桑桑看到了一双深邃的眼睛。尽管这种目光里含着一种慈祥,但桑桑却像被一股凉风吹着了似的,微微震颤了一下。

慧思和尚轻轻放下三弦,用双手捏住僧袍,然后站起来,轻轻一松手,那僧袍就像一道幕布滑落下去。他用手又轻轻拂了几下僧袍,低头向桑桑作了一个揖,便走了过来。

桑桑不敢看慧思和尚的脸,目光平视。由于个头的差异,桑桑的目光里,是两只摆动的宽大的袖子。那袖子是宽宽地卷起的,露出雪白的里子。

"小施主,请进。"

桑桑壮大了胆抬起头来。他眼前是副充满清爽、文静之气的面孔。桑桑长这么大,还从未见过这样的面孔。他朝慧思和尚笑了笑,但他不知道他这么笑究竟是什么意思,只是觉得自己应该这么笑一笑。

慧思和尚微微弯腰,做了一个很恭敬的、让桑桑进入僧院的动作。

## 花指头
### HUAZHITOU

桑桑有点不自然。因为，谁也没有对他这样一个几年前还拖着鼻涕的孩子如此庄重过。

桑桑束手束脚地走进了僧院。

慧思和尚闪在一侧，略微靠前一点引导着桑桑往前走。他问桑桑："小施主，有什么事吗？"

桑桑随口说："来玩玩。"但他马上觉得自己的回答很荒唐。因为，这儿不是小孩玩的地方。他的脸一下涨红起来。

然而，慧思和尚并没有对他说"这不是玩的地方"，只是很亲切地："噢，噢……"仍在微微靠前的位置上引导着桑桑。

桑桑不好再退回去，索性硬着头皮往前走。他走到了殿门。里面黑沉沉的。桑桑第一眼看里面时，并没有看到具体的形象，只觉得黑暗里泛着金光。他站在高高的门槛外面，不一会儿就看清了那尊莲座上的佛像。佛的神态庄严却很慈祥。佛的上方，是一个金色的穹顶，于是佛像又显得异常的华贵了。

桑桑仰望佛像时，不知为什么，心里忽然有点惧怕起来，便不由自主地往后退了几步，随即转身就要往院外走。

慧思和尚连忙跟了出来。

在桑桑走出院门时,慧思和尚问了一句:"小施主从哪儿来?"

桑桑答道:"从油麻地。"

慧思和尚又问道:"小施主,往哪儿去?"

桑桑答道:"去板仓。"

"板仓?"

桑桑点点头:"我去板仓找纸月。"

"纸月?"

"我的同学纸月。"

"你是桑桑?"

桑桑很吃惊:"你怎么知道我是桑桑?"

慧思和尚顿了一下,然后一笑道:"听人说起过,桑校长的公子叫桑桑。你说你是从油麻地来的,我想,你莫非就是桑桑。"

桑桑沿着青石板小道,往回走去。

慧思和尚竟然一定要送桑桑。

桑桑无法拒绝。桑桑也不知道如何拒绝,就呆头呆脑地让慧思和尚一直将他送到大河边。

"慢走了。"慧思和尚说。

桑桑转过身来看着慧思和尚。当时，太阳正照着大河，河水反射着明亮的阳光，把站在河边草地上的慧思和尚的脸照得非常清晰。慧思和尚也正望着他，朝他微笑。桑桑望着慧思和尚的脸，凭他一个孩子的感觉，他突然无端地觉得，他的眼睛似乎像另外一个人的眼睛，反过来说，有另外一个人的眼睛，似乎像慧思和尚的眼睛。但桑桑却想不出这另外一个人是谁，一脸的困惑。

慧思和尚说："小施主，过了河，就是板仓了，上路吧。"

桑桑这才将疑惑的目光收住，朝慧思和尚摆摆手，与他告别。

桑桑走出去一大段路以后，又回过头来看。他看到慧思和尚还站在河边的草地上。有大风从河上吹来，他的僧袍被风所卷动，像空中飘动的云一样。

## 5

纸月病好之后，又像往常一样上学、回家。但这样过了两个星期之后，不知道是什么原因，纸月几乎每天上学迟到。有时,上午的第一节课都快结束了,她才气喘吁吁地赶到教室门口,举着手喊"报告"。开始几回,蒋一轮也没有觉得什么,只是说:"进来。"这样的情况又发生了几次之后,蒋一轮有点生气了:"纸月,你是怎么搞的?怎么天天迟到?"

纸月就把头垂了下来。

"以后注意。到座位上去吧!"蒋一轮说。

纸月依然垂着头。纸月坐下之后,就一直垂着头。

有一回,桑桑偶然瞥了纸月一眼,只见有一串泪珠从纸月的脸上无声地滚落了下来,滴在了课本上。

这一天,桑桑起了个大早,对母亲说是有一只鸽子昨晚未能归巢,怕是被鹰打伤了翅膀,他得到田野上去找一找,就跑出了家门。桑桑一出家门就直奔板仓。桑桑想暗暗地搞清楚纸月到底是怎么了。

桑桑赶到大河边时,太阳刚刚出来,河上的雾气正在飘散。河上有一条渡船,两头都拴着绳子,分别联结着两岸。桑桑拉着绳子,将船拽到岸边,

花 指 头
HUAZHITOU

然后爬上船去,又去拉船那一头的绳子,不一会儿就到了对岸。桑桑上了岸,爬上大堤,这时,他看到了通往板仓的那条土路。他在大堤上的一棵大树下坐了下来,悄悄地等待着纸月走出板仓。

当太阳升高了一截,大河上已无一丝雾气时,桑桑没有看到纸月,却看到土路上出现了三个男孩。他们在土路上晃荡着,没有走开的意思,好像在等一个人。

桑桑不知道,这三个男孩都是板仓小学的学生。其中一个是板仓校园内有名的坏孩子,名叫刘一水,外号叫"豁嘴大茶壶"。其他两个是豁嘴大茶壶的"跟屁虫",一个叫周德发,另一个叫吴天衡。桑桑更不知道,他们三个人是在等待纸月走过来。

过不一会儿,桑桑看到板仓村的村口,出现了纸月。

纸月迟迟疑疑地走过来了。她显然已经看到了刘一水。有一小会儿,纸月站在那儿不走了。但她看了看东边的太阳,还是走过来了。

刘一水直挺挺地横躺在路上,其他两个则坐在路边。

桑桑已经看出来了,他们要在这里欺负纸月。桑桑听父亲说过(父亲是听板仓小学的一位老师说的),板仓小学有人专门爱欺负纸月,其中为首的一个叫豁嘴大茶壶。板仓小学曾几次想管束他们,但都没有什么效果,因为豁嘴大茶壶无法无天。桑桑想:这大概就是豁嘴大茶壶他们。桑桑才看到这儿,就已经明白纸月为什么总是天天迟到了。

纸月离刘一水们已经很近了。她又站了一会儿,然后跳进了路边的麦地。她要避开刘一水们。

刘一水们并不去追纸月,因为,在他们看来,纸月实际上是很难摆脱他们的。他们看见纸月在坑坑洼洼的麦地里走着,就咯咯咯地笑。笑了一阵,就一起扯着嗓子喊:

呀呀呀,呀呀呀,
脚趾缝里漏出一小丫。
没人搀,没人架,
刚一撩腿就跌了个大趴叉。
这小丫,找不到家,
抹着眼泪胡哇哇……

## 花指头
HUAZHITOU

他们一面叫,一面噼噼啪啪地拍抓着屁股伴奏。

纸月现在只惦记着赶紧上学,她不理会他们,斜穿麦地,往大堤上跑。

刘一水们眼见着纸月就要上大堤了,这才站起来也往大堤上跑去。

桑桑不能再在一旁看着了,他朝纸月大声叫道:"纸月,往我这儿跑!往我这儿跑!"

纸月在麦地里站住了,望着大堤上的桑桑。

桑桑叫着:"你快跑呀,你快跑呀!"

纸月这才朝大堤上跑过来。

在纸月朝大堤上跑过来时,桑桑一手抓了一块半截砖头,朝那边正跑过来的刘一水们走过去。

纸月爬上了大堤。

桑桑回头说了一声"你快点过河去",继续走向刘一水们。

纸月站在那儿没有动。她呆呆地望着桑桑的背影,担忧而恐惧地等待着将要发生的斗殴。她想叫桑桑别再往前走了,但她没有叫。因为她知道桑桑是不肯回头的。

桑桑心里其实是害怕的。他不是板仓的人,他面对着的又是三个看上去都要比他大比他壮实的男孩。但桑桑很愿意当着纸月的面,好好地与人打一架。他在心里战栗地叫喊着:"你们来吧!你们来吧!"两条细腿却如寒风中的枝条,瑟瑟发抖。他甚至想先放下手中的砖头,到大树背后撒泡尿,因为他感觉到他的裤子已经有点潮湿了。

"桑桑……"纸月终于叫道。

桑桑没有回头,一手抓着一块半截砖头,站在那儿,等着刘一水他们过来。

刘一水先跑过来了,望着桑桑问:"你是谁?"

"我是桑桑!"

"桑桑是什么东西?"刘一水说完,扭过头来朝周德发和吴天衡笑着。

桑桑把两块砖头抓得紧紧的,然后说:"你们再往前走一步,我就砸了!"

刘一水说:"你砸不准。"

桑桑说:"我砸得准。"他吹起牛来,"我想砸你的左眼,就绝不会砸到你的右眼上去。"但他随即觉得现在吹这个牛很可笑,就把腿叉开,摆出一副

## 花指头
HUAZHITOU

严阵以待的架势。

刘一水们互相搂着肩，根本就不把桑桑放在眼里，摆成一条线，大摇大摆地走过来了。

桑桑举起了砖头，侧过身子，作出随时准备投掷的样子。刘一水们不知是因为害怕桑桑真的会用砖头砸中他们，还是因为被桑桑的那副凶样吓唬住了，暂时停了下来。

而这时，桑桑反而慢慢地往后退去。他在心里盘算着：当纸月登上渡船的一刹那间，他将砖头猛烈地投掷出去，然后也立即跳上渡船，将这一头的绳子解掉，赶紧将渡船拉向对岸。

纸月似乎明白了桑桑的意图，就往大堤下跑，直奔渡船。

桑桑就这么抓着砖头，一边瞪着刘一水们，一边往后退着。刘一水们还真的不敢轻举妄动，只是在一定的距离内，一步一步地逼过来。

桑桑掉头看了一眼。当看到纸月马上就要跑到水边时，他突然朝前冲去，吓得刘一水们掉头往后逃窜。而桑桑却在冲出去几步之后，掉头往大堤下冲去。桑桑一边冲，一边很为他的这一点点狡猾得意。

刘一水们终于站住，转身反扑过来。

桑桑朝纸月大声叫着："快上船！快上船！"

纸月连忙上了船。

桑桑已退到水边。当他看到刘一水们已追到跟前时，心里说："我不怕砸破了你们的头！"然后猛地将一块砖头投掷出去。然而用力过猛，那砖头竟落到刘一水们身后去了。不过倒也把刘一水们吓了一跳。这时，桑桑趁机跳上了船。刘一水们正要去抓拴在大树上的绳子，桑桑就又将手中的另一块砖头也投掷了出去。这回砸到了吴天衡的脚上，疼得他瘫在地上"哎哟哎哟"地叫唤。但就在桑桑要去解绳子时，刘一水却已抓住了绳子，把正被纸月拉向对岸的船，又拉了回去。绳子系得太死，桑桑费了很大的劲，才将它解开，而这时，船已几乎靠岸了。刘一水飞跑过来，不顾桑桑的阻拦，一步跳到了船上。

纸月用力地将船向对岸拉去。

刘一水朝纸月扑过来，想从纸月手里抢过绳子。

桑桑双手抱住了刘一水的腰，两人在船舱里打

## 花指头
HUAZHITOU

了起来。桑桑根本不是刘一水的对手，勉强纠缠了一阵，就被刘一水打翻在船舱，骑在了胯下。刘一水擦了一把汗，望着桑桑："从哪儿冒出来个桑桑！"说完，就给了桑桑一拳。

桑桑觉得自己的鼻梁一阵锐利的酸疼，随即，鼻孔就流出血来。

桑桑看到了一个野蛮的面孔。他想给刘一水重重一击，但他根本无法动弹。

刘一水又给了桑桑几拳。

纸月放下了绳子，哭着："你别再打他了，你别再打他了……"

刘一水眼看渡船已离岸很远，就将桑桑扔下了，然后跑到船头上，趴下来卷起袖子，用手将船往回划着。

桑桑躺在舱底一动也不动地仰望着冬天的天空。他从未在这样一个奇特的角度看过天空。在这样的角度所看到的天空，显得格外高阔。他想：如果这时，他的鸽子在天空飞翔，一定会非常好看的。河上有风，船在晃动，桑桑的天空也在晃动。桑桑有一种说不出来的晕眩感。

纸月坐在船头上,任刘一水将船往回划。

桑桑看到了一朵急急飘去的白云,这朵白云使桑桑忽然有些紧张。他慢慢爬起来,然后朝刘一水爬过去。当渡船离岸还有十几米远时,桑桑突然一头撞过去。随即,他和纸月都听到了扑通一声。他趴在船帮上,兴奋地看着一团水花。过不一会儿,刘一水挣扎出水面。桑桑站起来,用手擦着鼻孔下的两道血流,俯视着在冬天的河水中艰难游动着的刘一水。

纸月将船朝对岸拉去。

当刘一水游回岸边,因为寒冷而哆哆嗦嗦地跳动时,桑桑和纸月也已站在了河这边柔软的草地上。

## 6

刘一水跑回家换了衣裳,快近中午时,就觉得浑身发冷,乌了的嘴唇直打战。放学后他勉强回到家中,就着凉生病了。刘一水的家长闹到了油麻地小学,闹到了桑乔家。这么一闹,就把事情闹大了,事情一闹大,事情也就好收拾了。到处都有桑乔的

## 花指头
HUAZHITOU

学生。桑乔赔了礼之后,联合了板仓小学,甚至联合了地方政府,一起出面,将刘一水等几个孩子连同他们的家长找到一起,发出严重警告:假如日后再有一丝欺负纸月的行为,学校与地方政府都将对刘一水等人以及他们的家长进行老实不客气的处理。

这天,桑乔对纸月说:"纸月,板仓那边,已没有人再敢欺负你了,你还是回那边读书吧。"

纸月低着头,不吭声。

"你跟你外婆好好商量一下。"

纸月点点头,回教室去了。

桑桑的母亲说:"就让她在这儿念书吧。"

桑乔说:"这没有问题,就怕这孩子跑坏了身体。"

那一天,纸月坐在课堂上,没有一点儿心思听课,目光空空的。

第二天一早,纸月和外婆就出现在桑桑家门口。

外婆对桑乔说:"她只想在油麻地读书。你就再收留她吧。"

桑乔望着纸月:"你想好了?"

纸月不说话,只是点点头。

在一旁喂鸽子的桑桑,就一直静静地听着。等外婆与纸月走后,他将他的鸽子全都轰上了天空,鸽子飞得高兴时,噼噼啪啪地击打双翅,仿佛满空里都响着一片清脆的掌声。

一切,一如往常。

但不久,桑桑感觉到有几个孩子在用异样的目光看他,看纸月。并且,他们越来越放肆了。比如,上体育课,当他正好与纸月分在一个小组时,以朱小鼓为首的那几个人,就会莫名其妙地"嗷"地叫一声。羞愤的桑桑,揪住一个孩子的衣领,把他拖到屋后的竹林里给了一拳。但桑桑的反应,更刺激了朱小鼓们。他们并无恶意,但一个个都觉得这种哄闹实在太来劲了。他们中间甚至有桑桑最要好的朋友。

桑桑这种孩子,从小就注定了要成为别人哄闹的对象。

这天下午是作文课。桑桑的作文一直是被蒋一轮夸奖的。而上一回做的一篇作文,尤其做得好,整篇文章差不多全被蒋一轮圈点了。这堂作文课的第一个节目就是让桑桑朗读他的作文。这是事先说

# 花指头
HUAZHITOU

好了的。上课铃一响,蒋一轮走上讲台,说:"今天,我们请桑桑同学朗读他的作文《我们去麦地里》。"

但桑桑却在满头大汗地翻书包:他的作文本不见了。

蒋一轮说:"别着急,慢慢找。"

慢慢找也找不到。桑桑失望了,站在那儿抓耳挠腮。

蒋一轮朝桑桑咂了一下嘴,问道:"谁看到桑桑的作文本了?"

大家就立即去看自己的桌肚,翻自己的书包。不一会儿,就陆续有人说:"我这儿没有。"

而当纸月将书包里的东西都取出来查看时,脸一下子红了:在她的作文本下,压着桑桑的作文本。

有一两个孩子一眼看到了桑桑的作文本,就把目光停在了纸月的脸上。

纸月只好将桑桑的作文本从她的作文本下抽出,然后站起来:"报告,桑桑的作文本在我这儿。"她拿着作文本,朝讲台上走去。

朱小鼓领头,"嗷"地叫了一声,随即,几乎是全教室的孩子,都跟着"嗷"起来。

蒋一轮用黑板擦一拍讲台:"安静!"

蒋一轮接过纸月手中的桑桑的作文本,然后又送到桑桑手上。

桑桑开始读他自己的作文,但读得结结巴巴,仿佛那作文不是他写的,而是抄别人的。

写得蛮好的一篇作文,经桑桑这么吭哧吭哧地一读,谁也觉不出好来,课堂秩序乱糟糟的。蒋一轮皱着眉头,硬是坚持着听桑桑把他的作文读完。

放学后,朱小鼓看到了桑桑,朝他诡秘地一笑。

桑桑不理他,蹲了下来,装着系鞋带,眼睛却瞟着朱小鼓。当看到朱小鼓走到池塘边上打算撅下一根树枝抓在手中玩耍时,他突然站起来冲了过去,双手一推,将朱小鼓推了下去。这池塘刚出了藕,水倒是没有,但全是稀泥。朱小鼓是一头栽下去的。等他将脑袋从烂泥里拔出来时,除了两只眼睛闪闪发亮,其余地方,全都被烂泥糊住了。他恼了,顺手抓了两把烂泥爬了上来。

桑桑没有逃跑。

朱小鼓跑过来,把两把烂泥都砸在了桑桑的身

## 花指头
HUAZHITOU

上。

桑桑放下书包,一纵身跳进烂泥塘,也抓了两把烂泥,就在塘里,直接把烂泥砸到了朱小鼓身上。

朱小鼓抹了一把脸上的泥,也跳进烂泥塘里。

孩子们闪在一边,无比兴奋地看着这场泥糊大战。

纸月站在教室里,从门缝里悄悄向外看着。

不一会儿工夫,桑桑与朱小鼓身上就再也找不出一块干净地方了。老师们看着这两个"泥猴",一边大声制止着,却又一边抑制不住地笑着。

孩子们无所谓站在哪一边,只是不住地拍着巴掌。

蒋一轮终于板下脸来:"桑桑,朱小鼓,你们立即给我停住!"

两人也没有什么力气了,勉强又互相砸了几把烂泥,就弯下腰去,在烂泥塘里到处找自己的鞋袜。孩子们就过来看,并指着烂泥塘的某一个位置叫道:"在那边!在那边!"

桑桑爬上来时,偶然朝教室看了一眼。他看到了藏在门后的纸月的眼睛。

两天后,天下起了入冬以来最大的一场雪。

教室后面的竹林深处,躲避风雪的一群麻雀唧唧喳喳地叫着,闹得孩子们都听不清老师讲课。仅仅是一堂课的时间,再打开教室门时,门口就已堆积了足有一尺深的雪。到了傍晚放学时,一块一块的麦地都已被大雪厚厚覆盖,田埂消失了,眼前只是一个平坦无边的大雪原。然而,大雪还在稠密生猛地下着。

孩子们艰难地走出了校园,然后像一颗颗黑点,散落雪野上。

桑桑的母亲站在院门口,等纸月。中午,她就与纸月说好了,让她今天不要回家,放了学就直接来这儿。当她看到校园里已剩下不多的孩子时,便朝教室走来。路上遇到了桑桑,她问:"纸月呢?"

桑桑指着很远处的一个似有似无的黑点:"她回家了。"

"你没有留她?"

桑桑站在那儿不动,朝大雪中那个向前慢慢移动的黑点看着——整个雪野上,就那么一个黑点。

桑桑的母亲在桑桑的后脑勺上打了一巴掌:

"你八成是欺负她了。"

桑桑突然哭起来:"我没有欺负她,我没有欺负她……"扭头往家走去。

桑桑的母亲跟着桑桑走进院子:"你没有欺负她,她怎么走了?"

桑桑一边抹眼泪,一边跺着脚,向母亲大叫:"我没有欺负她!我没有欺负她!我哪儿欺负她了?!……"

他抓了两团雪,将它们攥结实,然后,直奔鸽笼,狠狠地向那些正缩着脖子歇在屋檐下的鸽子砸去。

鸽子们被突如其来的攻击惊呆了,愣了一下,随即慌张地飞起。有几只钻进笼里的,将脑袋伸出来看了看,没有立即起飞。桑桑一见,又攥了两个雪球砸过去。鸽笼"咚"的一声巨响,惊得最后几只企图不飞的鸽子,也只好飞进风雪里。

鸽子们在天空中吃力地飞着。它们不肯远飞,就在草房子的上空盘旋,总有要立即落下来的心思。

桑桑却见着什么抓什么,只顾往空中乱砸乱抡,绝不让它们落下。

鸽子们见这儿实在落不下来,就落到了其他草房顶上。这使桑桑更恼火。他立即跑出院子,追着砸那些企图落在其他草房顶上的鸽子。

母亲看着跑得上气不接下气的桑桑:"你疯啦?"

桑桑头一歪:"我没有欺负她!我没有欺负她嘛!"说着,用手背猛地抹了一把眼泪。

"那你就砸鸽子?"

"我愿意砸!我愿意砸!"他操起一根竹竿,使劲地朝空中飞翔的鸽子挥舞不止,嘴里却在不住地说,"我没有欺负她嘛!我没有欺负她嘛!……"

鸽子们终于知道,它们在短时间内,在草房子上是落不下来了,只好冒着风雪朝远处飞去。

桑桑站在那儿,看着它们渐渐远去,与雪混成一色,直到再也无法区别。

桑桑再往前看,朦胧的泪眼里,那个黑点已完全消失在黄昏时分的风雪里……

选自长篇小说《草房子》

# 红门

曹文轩美文朗读·珍藏版
CAOWENXUAN MEIWEN LANGDU ZHENCANGBAN

鸭群在船前形成一个倒置的扇面形,奋力向前推进,同时,造成了一道扇面形水流。每只鸭子本身,又有着自己用身体分开的小扇面形水流。它们在大扇面形水流之中,织成了似乎很有规律的花纹。无论是小扇面形水流,还是大扇面形水流,都很急促有力。船首是一片均匀的、永恒的水声。

熟悉的树木、村庄、桥梁……都在不停地后退,成为杜小康眼中的遥远之物。

——《红门》

曹文轩美文朗读·珍藏
CAOWENXUAN MEIWEN LANGDU ZHENCANG

# 花指头
## HUAZHITOU

## 1

在离开学校的最初的日子里,杜小康除了带父亲治病,其余的时间,差不多都在红门里呆着。

红门几乎整天关闭着。没有人再来敲红门了。那个曾在红门里揭露杜家杂货铺掺假蒙人的朱一世,趁杜家杂货铺垮台,就将家中积蓄拿出,又从亲戚朋友处筹了一笔款子,在油麻地新开了一个小杂货铺。就在桥头上,位置显然比"大红门"还要好。晚上,人们也不再到杜家来听说古了。杜家现在也费不起这个灯油钱。

红门里,一下子显得空空落落。

白天,村巷里也没有太多的声响,只是偶然有一串脚步声,或几句平淡的问答声。外面的世界,似乎也是沉寂的。杜小康总是坐在门槛上,听着红门外的动静。久久地听不到外面的动静后,他只好又把心思收回到院子里。阳光照着院子里的一棵柿子树,枝叶就将影子投在地上。无风时,那枝叶的影子很清晰,一有风,就把影子摇乱了,乱得晃人眼睛。风掠过枝头,总是那番单调的沙沙声。这沙沙声仿佛已经响了千年了。枝头上偶然落上几只鸟,叫两声就不叫了,因为安静,就立在枝头上打瞌睡。睡着睡着,忽然觉得太安静,就惊醒过来,一身羽毛收紧,伸长脖子东张西望,然后战战兢兢地叫了几声,受不了这番安静,朝远处飞去。

杜小康说不清楚是困,还是不困。但杜小康懒得动,就双脚蹬着门框的一侧,身子斜倚在另一侧,迷迷糊糊,似睡非睡地眯起双眼。

到了晚上,村巷里反而热闹一些。呼鸡唤狗声,叫喊孩子归家声,此起彼伏。而到了晚饭后,脚步声就会多而纷乱。人们在串门,在往某一个地方集中。孩子们照例又要分成两拨,进行"殊死"的巷战。一时,巷子里人喊马叫、杀声震天,仿佛一巷子已一片血腥气了。以往总要扮演总司令角色的杜小康,此时就像被革了职或被冷落一旁的将军那样,在不能威风疆场时,心中满是哀伤与悲凉。他站在红门下听着那些急促的脚步声、雨点一样的棍棒相击声和惨烈的喊叫声,真想冲出门去,站在断壁或草垛上指挥他的军队作战,甚至希望在战斗中挂彩,

## 花指头
HUAZHITOU

然后威武地在他的军队前面走过……他在大红门的背后假想着,重温着大红门昨天的感觉。可是他终于没有冲出门去。因为,他已不可能称王称霸了。现在,他如果想加入这场游戏,也只能充当一个小"炮灰"。在游戏中担任一个什么样的角色,原来居然并不是随意的!杜小康清楚了,门外的游戏中,只有桑桑那样的孩子,才能充当总司令之类趾高气扬的角色,就离开了大红门,又坐回到门槛上,然后再去望由月亮照成的柿子树的另一番树影……

等村巷里最后一个孩子的脚步声也消失了,杜小康才走出红门。那时,村巷里,只有一巷满满的月光。他独自从地上捡起一根孩子们遗落的木棍,随便砍了几下,重又扔在地上,然后返回红门里。

这样过了些日子,杜小康终于走出红门,并且在大部分时间里将自己暴露在外面。他东走西走。他要让所有油麻地的孩子都能看见他。他像往常一样,穿着油麻地孩子中最好最干净的衣服,并且不免夸张地表现着他的快乐。

但在白天他并不能遇到太多的孩子,因为不上学的孩子并不太多。他在村巷里转,在打麦场上转,在田野上转,总不能遇到足够多的孩子。

这时,杜小康倒希望父亲杜雍和仍然瘫痪,然后,他撑一只木船离开油麻地,去给他治病。但杜雍和已能立起,并且已能扶着墙走路了。照理说,他还需治疗,但杜家实在已经山穷水尽,他不能再继续借钱治病了。

杜小康还从未领略过如此深切的孤独。

但杜小康毕竟是杜小康。他不能自己怜悯自己,更不能让其他人来怜悯他。他只能是傲慢的杜小康,玩得快活的杜小康。

当他听到对岸的读书声、吵闹声,感觉到大家在他退学之后,一切都如往常,并不把他的退学当一回事儿之后,他开始在河边大声唱歌。他把在文艺宣传队学的那些歌,一首一首地唱了。唱了一遍,再唱一遍。怕对岸的孩子们没有听见,他爬到岸边的一棵大树上。这棵大树有几根粗粗的横枝,几乎横到河心。他坐在横枝上,一下子与教室拉近了,就仿佛站到了教室的后窗下。他演过机智的侦察英雄,演过英武过人的连长。他依然记着桑乔在排练节目时的话:"想着自己是个英雄,是个了不起的

## 花指头
HUAZHITOU

人!走步时,要大步流星,头要高高地昂着,望着天空。天空有云,你就要把自己想成是个能够腾云驾雾的人。谁能和你比呀,你是个英雄。英雄不想那些没用的小事,英雄只想大事。一想大事呀,就觉得自己忽然地比别人高大,高大许多。而别人在你眼里呢,明明是个高高大大的人,就忽然地变得渺小了。你要这么看人,这么看,就仿佛你站在台子上,所有的人,都站在台子下。你想呀,你可不是个一般的人。你想到你不是个一般的人,你还不觉得骄傲吗?还能不激动吗?人一激动,就会鼻头酸溜溜的,眼睛就红了,就模模糊糊地只看见人影了……"他就这样唱下去,唱到高潮时,他就会站在横枝上,用一只手扶住在头顶的另一根斜枝,真的唱得让自己都感动了。

秃鹤说:"杜小康在唱戏。"

大家都听见了,不听老师讲课了,就听杜小康唱。

"杜小康还那么快活。"

孩子们就在心里佩服起杜小康来。

老师也不讲课了,就等杜小康把歌唱完。但杜小康却没完没了。老师就推开教室的窗子:"喂,杜小康,嚎什么呢?"

杜小康很尴尬。他不唱了,但不知道自己是留在横枝上好呢还是回到岸上去好。后来,他就坐在横枝上,将身子靠在另一根稍微高一些的横枝上,作出一副舒适而闲散的样子。"我要晒太阳。"双腿垂挂,一副懒洋洋的样子。他歪着脑袋,半眯着眼睛,看着河水。

河水在树枝下淙淙流淌着。一根柔软的细枝垂到水里,几条身体修长柔韧的小鱼,一会用嘴去吮那根枝条,一会儿又一个一个首尾相衔地绕着那根枝条转着圈儿。偶然来了一阵风,那几条小鱼一惊,一忽闪就不见了。但不一会儿,又悠悠地游到水面上。

中午放学了。

不少孩子站到了河边,望着杜小康,觉得他真是很舒服,心里就想:我要是也能不上学就好了。

放了学的桑桑弄船到河心钓鱼去,随风将小船漂到那棵大树下。

自从杜小康不上学以后,桑桑和他倒忽然变得

## 花指头
HUAZHITOU

不像从前那么隔阂了。桑桑总记住那天杜小康带他父亲看病去,撑着小船从他眼前经过的情景。桑桑永远是一个善良的孩子。那一刻,过去的事情立即烟消云散了。而杜小康在看到桑桑站在河边上久久地望着他时,也忽然觉得,他最要好的一个同学,其实是桑桑。

"杜小康,你坐在这里干什么?"桑桑伸手抓住树枝,不让船再随风漂去。

"我晒太阳。"他睁开眼睛,"不上学真好。"

桑桑从来就是一个不爱读书的孩子,他竟然觉得杜小康说的,是他心里总想说的一句话。

"读书真没有意思,总是上课、上课、上课,总是做作业、做作业、做作业,总是考试、考试、考试,考不好,回家还得挨打。现在,我不上学了。我整天玩,怎么玩也玩不够。昨天,我去后面塘里抓鱼了,我抓了一条三斤重的黑鱼。抓不住它,劲太大了。我用整个身子压住它,才把它压住了。等它没有力气了,才起来抓住它……"

桑桑羡慕起杜小康来。他将船绳拴在树枝上,双手抓住树枝,身子一收缩,就翻到了树枝上,也坐在树枝上晒起太阳来。

## 2

不久,杜小康就不能将他扮演的形象,再坚持下去了。别人不信,他自己当然更不信。

杜小康又呆在红门里,不常出来了。出来时,也不再像从前那样精精神神的了。杜小康还没有长到能够长久地扮演一种形象的年纪。他到底还是个孩子。他无法坚持太久。他必然会很快要显出他的真相来。

这天,他终于对母亲说:"我要读书。"

母亲说;"我们家已不再是从前了。"

"我们家再开商店嘛!"

"钱呢?"

"借嘛。"

"借?能借的都借了。还欠了那么多钱呢。你没有看见人家天天找上门来要债?再说了,有钱也不能开商店了。"

"为什么?"

# 花指头
HUAZHITOU

"已有人家开商店了。路口上，大桥头，好地方。"

"我不管。我要读书！"

"读不了。"

"我就要读嘛。"

"读不了！"

"我成绩很好，我是班上第一名。"杜小康哭了。

母亲也哭了："哪儿还能让你读书呀？过些日子，你连玩都不能玩了。你也要给家里做事。要还人家债，一屁股债。"

当杜小康终于彻底清楚已与学校无缘后，蔫了。油麻地的孩子们再看到杜小康时，他已是一副邋遢样子：衣服扣没有扣上，裤带没有插进裤鼻儿而耷拉着，鞋子趿拉在脚上，头发也乱糟糟的。他倒也不总在红门里呆着了，就这个样子，在村子里晃来荡去。见了同学，他也不躲避，甚至也不觉得有什么羞愧。如果晚上捉迷藏，缺一个人，让他参加，无论是什么角色，他也不拒绝。他甚至慢慢变得有点想讨好他们了。他生怕他们不让他参加。那天，朱小鼓一边走在桥上，一边伸手到书包里取东西，不小心将书包口弄得朝下了,书本全倒了出来,其中一本掉到了河里。杜小康正无所事事地站在桥头上,说:"我来帮你捞。"拿了根竹竿,脱了鞋和长裤,只穿件小裤衩,光腿走到水里,给朱小鼓将那本书捞了上来。

在与他的同学玩耍时,他总是打听学校和他们的学习情况:"学校排戏了吗?""谁当班长?""上到第几课了?""作业多吗?""班上现在谁成绩最好?"……

有时,他会去找放羊的细马玩。但玩了几次就不玩了。因为他与细马不一样。细马是自己不愿意上学。而且,细马确实也喜欢放羊。而他杜小康不是这样的。他喜欢学校,喜欢读书。他是被迫停学的。

那是一天中午,桑桑一手托着饭碗,走出了院子。他一边吃饭,一边望着天空的鸽子。有两只刚出窝的雏鸽,随着大队鸽子在天空飞了几圈,终于体力不支,未能等到飞回家,就先落在了桑桑他们教室的屋顶上。桑桑就托着饭碗走过去。他要等它们稍作休息之后,将它们轰起,让它们早点飞回家。

## 花指头
HUAZHITOU

要不，等下午同学们都上学来了，准会有人要拿石子、砖头去砸它们的。当他穿过竹林，出现在教室后面时，他看到了杜小康。

"你在这儿干什么呢？"桑桑问。

"我家的一只鸭子不见了，怕它游过河来，我来竹林里找找它。"

岸边停了一只小木船。杜小康没有与桑桑说几句话，匆匆忙忙上了小船，回到对岸去了。

下午上课时，靠北窗口的一个女生不停地翻她的书包，好像在找什么东西。上课的老师问她找什么。她说："我的课本全丢了。"

老师问："其他同学，是不是拿错了？都看一看。"

结果是谁也没有多出一本。

那个女孩就哭了起来，因为那时候的课本，都是按人数订的，很难多出一套来。她如果没有课本，也就意味着在整个一学期，只能与他人合用课本了。而谁也不愿意将自己的课本与人合用的。

"先别哭。你回忆一下，你今天上学时，带课本来了吗？"老师问。

"带了。上午还一直用着呢。"

老师问邻桌的同学情况是否如此,邻桌的同学都点头说见到了。

这时,桑桑突然想起他来轰赶鸽子时见到的一个情景:教室的后窗在风里来回摇摆着。

桑桑的眼前,又出现了神色慌张的杜小康。

下了课,桑桑走到教室后面。他看了看窗台。他在窗台上看到了两只脚印。

桑桑想将他心里想到的都告诉老师,但桑桑终于没说。桑桑的眼前,总有杜小康吃力而无神地撑着木船的形象。

杜小康还抱着一份幻想:他要上学。

他不能把课落下。他要自学。等能上学时,他仍然还是一个成绩特别好的学生。

一个月后,当桑桑到大红门里去找杜小康,在杜小康家无意中发现了那个女孩的课本时,被从院子里进来的杜小康看到了。杜小康一步一步地走过来,突然抓住桑桑的手,克制不住地哭起来。桑桑只觉得他的双手冰凉,并在瑟瑟发抖。

桑桑说:"我不说,我不说……"

杜小康将头垂得很低很低,泪水落在地上。

桑桑走出了红门。

## 3

当杜雍和终于能行走时,他由祖上继承来的那种对财富的不可遏制的欲望,使他将自己的儿子也卷入了一场梦想。他决心将沉没于深水中的财富以及由它带来的优越、自足与尊严,重新找回来。早在他无奈地躺在病榻上时,他就在心中日夜暗暗筹划了。油麻地最富裕的一户人家,败也不能败在他的手中。大红门是永远的。他拄着拐棍,走了所有的亲戚和所有他认为欠过他人情的人家,恳求他们帮助他渡过难关。他要借钱。他发誓,钱若还不上,他拆屋子还。他终于又筹集到了一笔款子。春天,他从鸭坊买下了五百只小鸭。他曾在年轻时放过鸭。他有的是养鸭的经验。他要把这些鸭子好好养大,到了秋天,它们就能下蛋了。

当杜雍和对杜小康说"以后,你和我一起去放鸭"时,杜小康几乎是哭喊着:"我要读书!"

一直对独生子宠爱无边的杜雍和,因为这场灾难,变得不像从前了。他脾气变得十分暴烈。他冲着杜小康骂了一句,然后说:"你只能放鸭!"

当杜小康要跑出门去时,杜雍和一把抓住了他,随即给了他一记耳光。

杜小康觉得眼前一片黑,摇摇晃晃地站住了。他的母亲立即过来,将他拉到了一边。

晚上,杜雍和走到儿子身边:"不是我不让你读书,而是拿不出钱来让你读书。家里现在养鸭,就是为了挣钱,挣很多的钱,以后让你安安心心地读书。书,迟读一两年,也不是什么大不了的事。秋天,鸭子就能生蛋了。生了蛋,卖了钱,我们再买五百只鸭……隔个一年两年,家里就会重新有钱的,你就会再去学校读书。要读书,就痛痛快快地读,不要读那个受罪书……"

当小鸭买回家后,杜雍和指着那些毛茸茸的小东西,又向儿子细细地描绘着早已藏匿在他胸中的未来图景,几乎又把杜小康带入往日的富有里。

五百只小鸭,在天还略带寒意时,下水了。毛茸茸的小生灵,无比欢乐地在水面上浮游着。当时,

花指头
HUAZHITOU

河边的垂柳已带了小小的绿叶,在风中柔韧地飘动。少许几根,垂到水面,风一吹,就又从水上飞起,把小鸭们吓得挤成一团,而等它们终于明白了柳枝并无恶意时,就又围拢过去,要用嘴叼住它。

杜小康非常喜欢。

油麻地村的人都拥到了河边,油麻地小学的师生也都拥到了河边上。他们静静地观望着。他们从这群小鸭的身上,从杜雍和的脸上看出了杜家恢复往日风光的决心。眼中半是感动,半是妒意。

杜雍和在人群里看到了朱一世。他瞥了朱一世一眼,在心中说:我总有一天会将你的那个杂货铺统统买下来的!杜雍和惦记着的,实际上仍是祖上的行当。

杜小康望着两岸的人群,站在放鸭的小船上。他穿着薄薄的衣服,在河边吹来的凉风中,竟不觉得凉。他的脸上又有了以前的神色与光彩了。

夏天,杜小康跟着父亲,赶着那群已经一斤多的鸭离开油麻地一带的水面。船是被加工过的,有船篷,有一只烧饭的泥炉。船上有被子、粮食和一些生活必需品。他们要将鸭子一路放到三百里外的大芦荡去。因为,那边鱼虾多,活食多。鸭子在那里生活,会提前一个月下蛋,并且会使劲下蛋,甚至会大量地下双黄蛋。那时,就在芦荡围一个鸭栏。鸭蛋就在当地卖掉,到明年春天,再将鸭一路放回油麻地。

当船离开油麻地时,杜小康看到了因为灾难而在愁苦中有了白发的母亲。他朝母亲摇了摇手,让她回去。

将要过大桥时,杜小康还看到了似乎早已等候在桥上的桑桑。他仰起头,对桑桑说:"明年春天,我给你带双黄蛋回来!"

桑桑站在桥上,一直看到杜家父子赶着那群鸭,消失在河的尽头。

## 4

小木船赶着鸭子,不知行驶了多久。杜小康回头一看,已经看不见油麻地了。他居然对父亲说:"我不去放鸭了,我要上岸回家……"他站在船上,向后眺望,除了朦朦胧胧的树,就什么也没有了。

## 花指头
## HUAZHITOU

杜雍和沉着脸，绝不回头去看一眼。他对杜小康带着哭腔的请求，置之不理，只是不停地撑着船，将鸭子一个劲儿地赶向前方。

鸭群在船前形成一个倒置的扇面形，奋力向前推进，同时，造成了一道扇面形水流。每只鸭子本身，又有着自己用身体分开的小扇面形水流。它们在大扇面形水流之中，织成了似乎很有规律的花纹。无论是小扇面形水流，还是大扇面形水流，都很急促有力。船首是一片均匀的、永恒的水声。

杜雍和现在只是要求它们向前游去，不停顿地游去，不肯给它们一点觅食或嬉闹的可能。仿佛只要稍微慢下一点来，他也会像他的儿子一样突然对前方感到茫然和恐惧，从而也会打消离开油麻地的主意。

前行是纯粹的。

熟悉的树木、村庄、桥梁……都在不停地后退，成为杜小康眼中的遥远之物。

终于已经不可能再有回头的念头了。杜雍和这才将船慢慢停下。

已经是陌生的天空和陌生的水面。偶然行过去一只船,那船上的人已是杜雍和、杜小康从未见过的面孔了。

鸭们不管。它们只要有水就行。水就是它们永远的故乡。它们开始觅食。觅食之后,忽然有了兴致,就朝着这片天空叫上几声。没有其他声音,天地又如此空旷,因此,这叫声既让人觉得寂寞,又使人感到振奋。

杜小康已不可能再去想他的油麻地了。现在,占据他心灵的全部是前方:还要走多远?前方是什么样子?前方是未知的。未知的东西,似乎更能撩逗一个少年的心思。他盘腿坐在船头上,望着一片白茫茫的水。

已是下午三点钟,太阳依然那么耀眼,晒得杜雍和昏沉沉的。他坐在船尾,抱住双腿,竟然睡着了。小船就在风的推动下,不由自主地向前漂去。速度缓慢,懒洋洋的。鸭们对于这样的速度非常喜欢。因为,它们在前行中,一样可以自由地觅食和嬉闹。

这种似乎失去了主意的漂流,一直维持到夕阳西下,河水被落日的余辉映得一片火红。

## 花指头
HUAZHITOU

四周只是草滩或洼地,已无一户人家。

因为还未到达目的地,今天晚上的鸭子不可能有鸭栏。它们只能像主人的船一样,漂浮在水面上。

为了安全,木船没有靠到岸边,而是停在河心。杜雍和使劲将竹竿插入泥里,使它成为拴船绳的固定物。

黄昏,船舱里的小泥炉飘起第一缕炊烟,它是这里唯一的炊烟。炊烟在晚风里向水面飘去,然后又贴着水面,慢慢飘远。当锅中的饭已经煮熟时,河水因晒了一天太阳,开始飘起炊烟一样的热气。此时,热气与炊烟,就再也无法分得清楚了。

月亮从河的东头升上空中时,杜雍和父子已经开始吃饭。

在无依无靠的船上吃饭,且又是在千古不变的月光下,杜小康端着饭碗,心里总觉得寂寞。他往嘴里拨着饭,但并不清楚这饭的滋味。

杜雍和吃得也很慢。吃一阵子,还会停一阵子。他总是抬头望着东方他们的船离开的那一片天空——月亮正挂在那片天空上。他可能在想象着月光下的油麻地此时此刻的情景。

鸭们十分乖巧。也正是在夜幕下的大水上,它们才忽然觉得自己已成了无家的漂游者了。它们将主人的船团团围住,唯恐自己与这条唯一能使它们感到还有依托的小船分开。它们把嘴插在翅膀里,一副睡觉绝不让主人操心的样子。有时,它们会将头从翅膀里拔出,看一眼船上的主人。知道一老一小,都还在船上,才又将头重新放回翅膀里。

长长的竹篙,把一条直而细长的影子投映在河面上,微风一吹,它们又孤独而优美地弯曲在水面上。

杜小康和父亲之间,只有一些干巴巴的对话。"饱了吗?""饱了。""你饱了吗?""我饱了。""就在河里洗碗?""就在河里洗碗。""困吗?""不困。"……

父子俩都不想很快地去睡觉。

杜小康想听到声音,牛叫或者狗吠。然而,这不可能。

等杜小康终于有了倦意,躺到船舱里的席子上时,竹篙的影子只剩下几尺长了——月亮已快升到头顶上了。

# 花指头
## HUAZHITOU

以后的几天，都是这一天的重复。

有时，也会路过一个村庄，但，无论是杜雍和还是杜小康，都没有特别强烈的靠岸的欲望。因为，村庄是陌生的。它们与陌生的天空和陌生的河流并没有实质性的区别。他们索性只是站在船上，望一望那个村庄，依然去赶他们的路。

不时地，遇到一只船，船上人的口音，已很异样了。

这一天，他们终于到达了目的地。

这才是真正的芦荡。是杜小康从未见过的芦荡。到达这里时，已是傍晚。当杜小康一眼望去，看到芦苇如绿色的浪潮直涌向天边时，他害怕了——这是他出门以来第一回真正地感到害怕。芦荡如万重大山围住了小船。杜小康有一种永远逃不走了的感觉。他望着父亲，眼中露出了一个孩子的胆怯。

父亲显然也是慌张的。但他在儿子面前，必须显得镇静。他告诉杜小康，芦苇丛里有芦雁的窝，明天，可以去捡芦雁的蛋；有兔子，这里的兔子，毛色与芦苇相似，即使它就在你眼前蹲着，你也未必能一眼发现它……

吃完饭,杜小康才稍稍从恐慌中安静下来。

这里的气味,倒是很好闻的。万顷芦苇,且又是在夏季青森森一片时,空气里满是清香。芦苇丛中还有一种不知名的香草,一缕一缕地掺杂在芦叶的清香里,使杜小康不时地去用劲嗅着。

水边的芦叶里,飞着无数萤火虫。有时,它们几十只、几百只地聚集在一起,居然能把水面照亮,使杜小康能看见一只水鸟正浮在水面上。

但,这一切无论如何也不能完全驱除杜小康的恐慌。夜里睡觉时,他紧紧地挨着父亲,并且迟迟不能入睡。

第二天,父子俩登上芦苇滩,找了一个合适的地方,用镰刀割倒一大片芦苇,然后将它们扎成把。忙了整整一天,给鸭们围了一个鸭栏,也为自己搭了一个小窝棚。从此,他们将以这里为家,在这一带放鸭,直到来年春天。

## 5

日子一天一天地过去了,父子俩也一天一天地感觉到，他们最大的敌人，也正在一步一步地向他们逼近：它就是孤独。

与这种孤独相比，杜小康退学后将自己关在红门里面产生的那点孤独，简直就算不得是孤独了。他们能一连十多天遇不到一个人。杜小康只能与父亲说说话。奇怪的是，他和父亲之间的对话变得越来越单调，越来越干巴巴的了。除了必要的对话，他们几乎不知道再说些其他什么话，而且原先看来是必要的对话，现在也可以通过眼神或者干脆连眼神都不必给予，双方就能明白一切。言语被大量地省略了。这种省略，只能进一步强化似乎满世界都注满了的孤独。

杜小康开始想家，并且日甚一日地变得迫切，直至夜里做梦看到母亲，哇哇大哭起来，将父亲惊醒。

"我要回家……"

杜雍和不再乱发脾气。他觉得自己将这么小小年纪的一个孩子，拉进这样一个计划里，未免有点残酷了。他觉得对不住儿子。但他现在除了用大手去安抚儿子的头，也没有别的办法。他对杜小康说："明年春天之前就回家,柳树还没有发芽时就回家……"他甚至向儿子保证:"我要让你读书,无忧无虑地读书……"

后来,父子俩都在心里清楚了这一点:他们已根本不可能回避孤独了。这样反而好了。时间一久,再面对天空一片浮云,再面对这浩浩荡荡的芦苇,再面对这一缕炊烟,就不再会忽然地恐慌起来。

他们还各自创造和共同创造了许多消解孤独的办法:父子俩一起出发走进芦苇丛里,看谁捡的雁蛋多;他们用芦苇扎成把,堆成高高的芦苇塔,爬上去,居然看到好几处散落在芦苇丛里的人家和村落;杜小康用芦苇编了几十只小笼子,又捉了几十只只有这里的芦苇丛里才有的、那种身材优美的纺织娘放入笼中,使寂静的夜晚,能听到它们此起彼伏的鸣叫……

鸭子在这里长得飞快。很快就有了成年鸭子的样子。当它们全部浮在水面上时,居然已经是一大片了。

杜小康注定要在这里接受磨难。而磨难他的,正是这些由他和父亲精心照料而长得如此肥硕的鸭子。

　　那天，是他们离家以来所遇到的一个最恶劣的天气。一早上，天就阴沉下来。天黑，河水也黑，芦苇荡成了一片黑海。杜小康甚至觉得风也是黑的。临近中午时，雷声已如万辆战车从天边滚过来，过不一会儿，暴风雨就歇斯底里地开始了，顿时，天昏地暗，仿佛世界已到了末日。四下里，一片呼呼的风声和千万枝芦苇被风折断的咔嚓声。

　　鸭栏忽然被风吹开了，等父子俩一起扑上去，企图修复它时，一阵旋风，几乎将鸭栏卷到了天上。杜雍和大叫了一声"我的鸭子"，几乎晕倒在地上。因为他看到，鸭群被分成了无数股，一下子就在他眼前消失了。

　　杜小康忘记了父亲，朝一股鸭子追去。这股鸭子大概有六七十只。它们在轰隆隆的雷声中，仓皇逃窜着。他紧紧地跟随着它们。他不停地用手拨着眼前的芦苇。即使这样，脸还是一次又一次地被芦苇叶割破了。他感到脚钻心地疼痛。他顾不得去察看一下。他知道，这是头年的芦苇旧茬儿戳破了他的脚。他一边追，一边呼唤着他的鸭子。然而这群平时很温顺的小东西,今天却都疯了一样,只顾没头没脑地乱窜。

他费了很大的力气,才将这群鸭重新赶回到原先的地方。

这群鸭似乎还记得这儿曾是它们的家,就站在那儿,惶惶不安地叫唤。

杜小康喊着父亲,却没有父亲的回答。父亲去追另一股鸭了。他只好一个人去扶已倒下的鸭栏。他在扶鸭栏的同时,嘴里不住地对那些鸭子说:"好乖乖,马上就好了,你们马上就有家了……"

父亲也赶着一股鸭回来了。两股鸭立即会合到一起,大声叫着,仿佛是两支队伍会师一般。

杜小康和父亲一道扶起鸭栏,将已找回来的鸭赶进栏里后,又赶紧去找那些不知去向的鸭——大部分鸭还没有被赶回来。

到暴风雨将歇时,还有十几只鸭没被找回来。

杜雍和望着儿子一脸的伤痕和冻得发紫的双唇,说:"你进窝棚里歇一会儿,我去找。"

杜小康摇摇头:"还是分头去找吧。"说完,就又走了。

## 花指头
### HUAZHITOU

　　天黑了。空手回到窝棚的杜雍和没有见到杜小康，他就大声叫起来。但除了雨后的寂静之外，没有任何回应。他就朝杜小康走去的方向，寻找过去。

　　杜小康找到了那十几只鸭，但在芦荡里迷路了。一样的芦苇，一样重重叠叠无边无际。鸭们东钻西钻，不一会儿工夫就使他失去了方向。眼见着天黑了。他停住了，大声地呼喊着父亲。就像父亲听不到他的回应一样，他也不能听到父亲的回应。

　　杜小康突然感觉到他已累极了，就将一些芦苇踩倒，躺了下来。

　　那十几只受了惊的鸭，居然一步不离地挨着主人蹲了下来。

　　杜小康闻到了一股鸭身上的羽绒气味。他把头歪过去，几乎把脸埋进了一只鸭的蓬松的羽毛里。他哭了起来，但并不是悲哀。他说不明白自己为什么想哭。

　　雨后天晴，天空比任何一个夜晚都要明亮。杜小康长这么大，还从未见过蓝成这样的天空。而月亮又是那么明亮。

　　杜小康顺手抠了几根白嫩的芦苇根，在嘴里甜津津地嚼着，望着异乡的天空，心中不免又想起母亲，想起桑桑和许多油麻地的孩子。但他没有哭。他觉得自己突然地长大了，坚强了。

第二天早晨，杜雍和找到了杜小康。当时杜小康正在芦苇上静静地躺着。不知是因为太困了，还是因为他又饿又累坚持不住了，杜雍和居然没有能够将他叫醒。杜雍和背起疲软的儿子，朝窝棚方向走去。杜小康的一只脚板底，还在一滴一滴地流血。血滴在草上，滴在父亲的脚印里，也滴在跟在他们身后的那群鸭的羽毛上……

鸭们也长大了，长成了真正的鸭。它们的羽毛开始变得鲜亮，并且变得稠密，一滴水也不能泼进了。公鸭们变得更加漂亮，深浅不一的蓝羽、紫羽，在阳光下犹如软缎一样闪闪发光。

八月的一天早晨，杜小康打开鸭栏，让鸭们走到水中时，他突然在草里看到了一颗白色的东西。他惊喜地跑过去捡起，然后朝窝棚大叫："蛋！爸！鸭蛋！鸭下蛋了！"

杜雍和从儿子手中接过还有点温热的蛋，嘴里不住地说："下蛋了，下蛋了……"

# 花指头
HUAZHITOU

## 6

在杜小康和父亲离开油麻地的最初几天里,桑桑还时常想起杜小康。但时间一长,他也就将他淡忘了。桑桑有鸽子,有细马,有阿恕和秃鹤,有很多很多的同学,还有许多事情可做。桑桑不可能总去想着杜小康。他只是偶尔想起他来。但一有事情可做,又立即不再去想他了。

油麻地的人也一样,只是在碰到杜小康的母亲时,才会想起问一声:"他爷儿俩怎么样了?"杜小康的母亲总是说:"不知道呢。也没有个信回来。"

秋后,秋庄稼都已收割,本来就很开阔的大平原,变得更加开阔,开阔得让人心里发空。油麻地人的日子,似乎比任何一个季节都显得平淡。劳作之后的疲劳,日益加深的寒意,满目正在枯萎的作物,使人有一种日子过到尽头的感觉。

桑桑生病了。他的脖子有点僵硬,并且时常隐隐约约地感到疼痛。母亲对父亲说了这个情况,但父亲似乎没有在意。母亲就带他去了地方上的小门诊室。医生摸了摸桑桑的脖子,说:"怕是有炎症。"就让桑桑打几天消炎针再说。这天,桑桑打完针往家走时,听到了一个传闻:杜雍和父子放鸭,不小心将鸭放进了人家的大鱼塘,把人家放养的小鱼苗都吃光了,鸭子与船统统被当地人扣留了。

桑桑回家,把这一传闻告诉了母亲。母亲叹息了一声:"杜家算是完了。"

桑桑天天去打针,几乎天天能听到那个传闻。他去过红门,但红门一直闭着。

这传闻传了几天,就不传了,好像是个谣言。桑桑心里又不再有杜小康,一有空就和阿恕到收割了庄稼的地里疯玩,要不就和细马放羊去。

又过了些日子,这天傍晚,桑桑提了个酱油瓶去朱一世的杂货铺打酱油,刚走上大桥,就听村里有人说:"快去看看,杜雍和被抬回来了!"等桑桑过了桥,就有很多人在传:"杜雍和回来了!"而孩子们则在传:"杜小康回来了!"

人们都在朝红门方向走。

桑桑抓着酱油瓶,快速跑到了许多人的前头。

村后有一条通向远方的路。路口正对着杜小康

花指头
HUAZHITOU

家所在的这条村巷。巷口都是人,把桑桑的视线挡住了,根本看不见那条路。

红门开着无人管。

"回来了!""回来了!"

桑桑看到那巷口的人坝,像被一股洪水冲决了似的,忽然地打开了。

两个大汉抬着一块门板,门板上躺着杜雍和。杜小康和母亲跟在门板后面。

桑桑把脑袋挤在人缝里,往外看着。

抬门板的大概是杜小康家的亲戚。他们和杜小康的母亲一起去了芦荡,将杜雍和杜小康接了回来。

躺在门板上的杜雍和,瘦得只剩下骨架。他的颧骨本来就高,现在显得更高,嘴巴瘦陷下去,形成了阴影。头发枯干,颜色像秋后霜草丛里的兔毛。高眉骨下的双眼,透出一股荒凉式的平静。

走在后面的杜小康,好像又长高了。裤管显得很短,膝盖和屁股,都有洞或裂口,衣服上缺了许多纽扣,袖口破了,飘着布条。头发很长,与杜雍和的头发一样枯干,但却黑得发乌,脖子已多日不洗,黑乎乎的。他面容清瘦,但一双眼睛却出奇的亮,并透出一种油麻地的任何一个孩子都不可能有的早熟。他双手抱着一只小小的柳篮,小心翼翼地,仿佛那只篮里装了什么脆弱而又贵重的东西。

桑桑看到了杜小康。但杜小康似乎没有看到他,在众人抚慰的目光下,走进了红门。

第二天一早,桑桑的母亲一开门,就看到杜小康抱着一只柳篮站在门口。

"师娘,桑桑起来了吗?"

桑桑的母亲,一边将杜小康拉进院里,一边朝屋里叫着:"桑桑,小康来啦!"

桑桑连忙从床上蹦到地上,鞋也没穿,一边揉着眼睛,一边往外跑。

杜小康将柳篮送到桑桑手上:"里面有五只鸭蛋,都是双黄的。"

这五只鸭蛋,大概是杜小康从大芦荡带回来的全部财富。

桑桑低下头去。他看到五只很大的、颜色青青的鸭蛋,正静静地躺在松软的芦花上。

## 花指头
### HUAZHITOU

## 7

桑桑现在所见到的杜小康,已经不是过去的杜小康了。

对于杜小康来讲,无论到哪一天,他也不会忘记在芦荡度过的那几个月——

那是一个荒无人烟的世界。天空、芦荡、大水、狂风、暴雨、鸭子、孤独、忧伤、生病、寒冷、饥饿……这一切,既困扰、折磨着杜小康,但也在教养、启示着杜小康。当杜雍和因为鸭群连续几次误入人家的鱼塘,几乎吃尽了塘中刚放养的几万尾鱼苗,被愤怒的当地人扣下小船与整个鸭群,而陷入一贫如洗的绝望时,他万万不会想到这段时间的生活给了儿子多少珍贵的财富!杜雍和不吃不喝地躺在鱼塘边上时,杜小康也一动不动地坐在父亲的身边。他有父亲的悲伤,却并无父亲的绝望。现在,倒什么也不怕了。他坐在那里,既没有向人家哀求,也没有向人家发怒。他反而觉得父亲这样做是没有必要的。因为他们的鸭子毁掉了几十户人家的希望,就像他们也被毁掉了希望一样。杜小康是坐在那里咀嚼着油麻地的任何一个孩子都不会去咀嚼的、由大芦荡给予他的那些美丽而残酷的题目。他不可能立即领悟，但他确实比油麻地的孩子们提前懂得了许多……

桑桑现在再见到的杜小康，已经是一个远远大于他的孩子了。

当桑桑向杜小康问起他以后怎么办时，杜小康并没有太大的惊慌与悲哀。他与桑桑坐在打麦场上的石磙上，向桑桑说着他心中的打算。他至少有十项计划，而他最倾向于做的一个计划是：在油麻地小学门口摆个小摊子卖东西。

而这个计划是桑桑最感吃惊的一个计划：他怎么能在学校门口，当着大家的面做小买卖呢？满眼全是他的同学呀！

杜小康却是一副很坦然的样子："你是怕大家笑话我？"

"大家不会笑话你的。"

"那怕什么？就是笑话我，我也不在乎。"

杜小康向桑桑详细地说明了他的计划："我们家开了那么多年的小商店，我知道应该进什么货、什

## 花指头
HUAZHITOU

么好卖;我在学校门口摆个小摊,那么多学生,买个削笔刀啦,买几块糖啦,谁不愿意出了校门就能买到?"

桑桑觉得杜小康的计划是有道理的。

"那你有钱进货吗?"

"没有。"

"怎么办?"

"能想到办法的。"

桑桑与杜小康分手后,回到家中。晚上,他等鸽子都进窝后,将窝门关上了。他用笼子捉了十只鸽子。桑桑的鸽子,都是漂亮的鸽子。第二天一早,他提了笼子去镇上,将这些鸽子卖给了一个叫"喜子"的养鸽人。他拿了卖鸽子得的二十元钱,直接去找杜小康,将钱统统给了杜小康。

杜小康一手抓着钱,什么话也没说,只是用另一只手抓住桑桑的一只手,使劲地、不停地摇着。

过了一个星期,杜小康在校园门口出现了。他挎一只大柳篮子。柳篮里装了零七八碎的小商品。柳篮上还放了一只扁扁的分了许多格的小木盒。一格一格的,或是不同颜色的糖块,或是小芝麻饼什么的。盒上还插了一块玻璃。玻璃擦得很亮,那些东西在玻璃下显得很好看。

他坐在校门口的小桥头上。令油麻地小学的老师和学生们都感震惊的是,这个当初整日沉浸在一种优越感中的杜小康,竟无一丝卑微的神色。他温和、略带羞涩地向那些走过他身旁的老师和同学问好或打招呼。

最初几天,反而是同学们不好意思。因此,几乎没有一点生意。

桑桑替他感到失望。

杜小康反过来安慰桑桑:"会有生意的。"那时,杜小康又想起了那次鸭子被惊散了,还有最后十几只没有找到的情景,父亲说,算了,找不到了,别找了。他却说,能找到的。结果真的找到了。

第一个来买杜小康东西的是桑桑。

杜小康无限感激地望着桑桑,会意地笑着。

生意慢慢有了。渐渐地,油麻地的孩子们,再去杜小康那里买东西时,就没有异样的感觉了,仿佛只不过是在从一个朋友那里取走一些东西而已。他们可以先不给钱,先在心中记住。而杜小康知道,

## 花指头
HUAZHITOU

他们绝不会白拿他的东西的。

那天,学生们都在上课时,桑乔站在办公室的廊下,望着校门外的杜小康,正在冬季的第一场雪中,稳稳地坐在树下。桑乔对另外几个也在廊下望着杜小康的老师说:"日后,油麻地最有出息的孩子,也许就是杜小康!"

几次挣扎均告失败的杜雍和,在经过一段调养之后,已能走动了。他平和了,眼中已不再有什么欲望。他像一个老人一样,在村里东走走,西走走。

红门里,实实在在地成了空屋。

红门里,还欠人家不少债。但债主知道,杜雍和现在也拿不出钱来还他们,也就不急着催他。其中有个债主,自己实在是窘迫,只好登门来要债。见杜家满屋空空,就又不好意思地走了。但最后还是逼得无法,就再一次进了红门。

杜雍和感到有无限歉意。他在表示了自己无能为力、债主只好又走出红门时,一眼注意到了那两扇用上等木材做成的红门。他追出来,将那个债主叫住。

那个债主走回来问:"有事吗?"

杜雍和指着红门:"值几个钱吧?"

"你这是什么意思?"

杜雍和十分平静:"你摘了去吧。"

"那怎么行呀。"

"摘了去吧。我屋里也没有什么东西。这院子有门没有门,也没有多大关系。"

那债主用手摸了摸,敲了敲两扇红门,摇了摇头:"我怎么好意思摘下这副门?"

杜雍和说:"我对你说,你不把它摘了去,我明天可得给别人了。"

那债主走了。傍晚,他自己没有来,而是让两个儿子来将这副红门摘走了。

与杜小康并排站在院墙下的桑桑,情不自禁地抓住了杜小康的手。

这两扇曾为杜家几代人带来过光彩与自足的红门,随着晃动,在霞光里一闪一闪地亮着。

当这被杜小康看了整整十四年的红门,在他的视野里终于完全消失时,桑桑觉得与自己相握的手,开始微微发颤,并抓握得更紧……

选自长篇小说《草房子》

# 岩石上的王

曹文轩美文朗读·珍藏版

CAOWENXUAN MEIWEN LANGDU ZHENCANGBAN

太阳出来了,清澈的阳光穿过树干与树干之间的空隙,照射在那本大书上。

书是合着的,是古老的羊皮封面,似乎穿越了漫长岁月的风尘,曾被无数双手抚摸过,看上去油光光的。

那本书似乎具有灵性,本来是在不停地掀动书页的,但在坡的毫不动摇的注视之下,悄然合上,在草丛中沉默着。

——《岩石上的王》

# 花指头
## HUAZHITOU

（背景提示：一个叫熄的屠夫死后来到了地狱，他在地狱里学会了黑巫术，并偷了一把魔伞逃回了人间。他使用自己的魔法，散布瘟疫，攫取了那个国家的王位，并开始了对这个国家黑暗而残酷的统治。

熄黑暗统治的措施之一就是销毁这个国家所有的书籍及其他带文字的东西。当全国的书籍被集中到王宫门前的广场上焚烧时，一部"大王书"却飞走了。）

## 1

直到第二天早晨，天空还满是书籍焚烧后的灰烬。

遮天蔽日的灰蝶，使本来天净地空的世界变得十分阴暗。灰蝶悬浮在天空，并不很快落下，以一种十分缓慢的、令人觉察不出的速度在飘动。有风吹来时，它们仿佛真的是蝶，显出受了惊动的样子，一忽闪一忽闪地躲避着，那时，天空也许就会出现一小块空白，地上的人这才会看到一个完整的太阳。

地上已经落满灰蝶。树上、草上、芦苇上、屋顶上、小桥上、庄稼地里,到处都是。人走过时,带起一股风,那灰蝶就会飞舞起来,世界好像遭灾了——蝶灾。

那年冬天没有下雪,甚至没有下雨,灰蝶就一直停留在大地上。它们几乎窒息了一切草木的生命。本是万木复苏的春天,却是寒秋一般的沉寂,直到一场连续不断的春雨,才将这些无处不在的灰蝶淋为黑水,渗入焦枯的土地,大地上,才渐渐开始听见草木微弱的呼吸声。

## 2

那本从大火中飞出的书,就一直在夜空下潇潇洒洒地飞翔着,在天空留下一道细细的发亮的轨迹,天空仿佛有一道醒目的伤痕。

天将拂晓时,它悄无声息地飘落在一片树林间的草丛里。

那时,茫还在睡梦中。

他和衣躺在一堆淡金色的、松软的银杏树叶里,

# 花指头

看上去十分舒适。大大小小的羊，憨态可爱地蜷伏在他周围，也一只只睡眼蒙眬。

茫看上去约摸十四五岁。

他有一群羊，一大群羊。

他总是带着他的羊群，不时地出现在森林与沼泽地一带。周围没有一个人知道他叫什么名字，也不知道他究竟来自何方。他们甚至都没有听到他讲过什么话。有人尝试着向他打招呼，但他却将手中的长鞭往空中一劈，发出一串清脆的叭叭叭声，不答一字地就赶着他的羊群往远处去了。

有人怀疑他是一个哑巴。

更没有人知道他在想什么。他赶着他的羊群一直在寻找——寻找他的父亲和母亲。尽管他感觉，父亲、母亲也许已经不在人世了。

八岁那年，父亲带着他来到了草原，把他交给了他的以放牧为生的舅舅。父亲的决定基于两个理由，一个是：舅舅只身一人放牧着一个数量在千头以上的羊群，需要有个帮手——更准确地说，舅舅太孤单了，需要有个伴，舅舅又是那么喜欢这个外甥。更重要的一个理由是：舅舅识字，茫一边可以帮舅舅放羊,一边可以让舅舅教他识字——舅舅不仅识字,而且还是一个知道天地间许多道理的人。这些道理,非同寻常,令人神往。在父亲眼中,舅舅是那么遥远与高深,又是那么令人肃然起敬。父亲觉得,儿子若在这样一位舅舅身边长大,成人后当很不一样。

就这样,茫开始了与舅舅一道对大草原的守望。

一年前的秋季,茫突然变得焦躁不安起来,并从早到晚眺望当年父亲送他到草原时的来路。

这天,舅舅给了他一群羊,说:"你已经长大了,可以赶着羊群回去看望你的父母了。"

他答应舅舅,等看到父母、与他们住上一段日子之后,他还会回到草原上。因为舅舅需要他,他更需要舅舅——他知道,在这个世界上,只有舅舅可以引领他。

他上路了。一路放羊,一路往家走。

当他终于在这天的黄昏回到他的家乡时,他看到的竟然是一个没有一丝活气的村庄。记忆中,那个鸡鸣狗跳、生机勃勃的村庄已不复存在了。

他流着眼泪在空寂的村巷里走着,呼唤着,然

## 花指头
## HUAZHITOU

而这个村庄却已经彻底地死了。

他赶着羊群在村庄的周围寻找着,终于在荒野上见到了一个双目失明的老人。

老人告诉他:为了逃避熄的魔法,全村人于一天夜里开始逃往荒野,但却被熄的军队追赶上来,被残忍地杀害在乱石滩上。不过,听说也有少数几个人逃脱了这次大屠杀。

老人眨巴着眼睛说:"也许,那些逃跑的人当中就有你的父母呢。"

老人觉得茫一直在看着他,说道:"我老了,跑不动了,于是,我就成了一个瞎子。"

茫告别了老人,含着泪,赶着他的羊群,走向了大地的苍茫深处。

他要赶紧将这消息告诉舅舅。然而,等他回到舅舅通常放牧的地方,却再也找不到舅舅了。只有一顶空空的帐篷,孤独地立在草丛里。几天后,他从另外的牧人那里打听到一个消息:一支熄的军队突然袭击了草原,把舅舅他们这些游离于王国之外的人统统作为叛逃者杀害了。

从那一刻起,茫知道了一个事实:从此,他将独自面对这个世界。

他没有在舅舅放牧的地方停留，而是赶着他的羊群朝着更加遥远的地方走去：父母若是活着，一定是逃向边地了，而他自己也必须逃向边地。

他想活着。因为舅舅告诉他：人活着，是一件最神圣的事情。

一年的游牧，他已经不再坚持父母还在人世的念头，他甚至不再去想念他们了。他现在就是放羊，与他的羊们一起看日升日落、草荣草枯、云涨云消。

对于那本书的降临，他浑然不觉。

## 3

茫的头发像一堆秋后荒野上的乱草，乱草倾覆下来，一对黑晶晶的眼睛，犹如月光下两粒黑石子闪烁在草丛中。他的衣服永远没有纽扣，腰里扎着一根藤蔓，露出胸膛。宽大的裤子，裤管始终是破烂的，一缕一缕的布丝随风飘拂。一天的光景里，许多时间他都在睡觉，或湖边，或树下，或草丛里，或岩石上。那些羊与他寸步不离，在他睡得屁是屁

## 花指头
HUAZHITOU

鼾是鼾时,它们就在他周围安静地吃草,从不走远。有时,它们会陪着主人一起在温暖的阳光下慵懒地睡去。

那时,枝头的鸟,就会旁若无人地鸣啭。他们睡得更加甜美,直到有一泡白色的鸟粪从空中喷射而下,溅到他们的身上或脸上,他们才可能醒来。

太阳出来了,清澈的阳光穿过树干与树干之间的空隙,照射在那本大书上。

书是合着的,是古老的羊皮封面,似乎穿越了漫长岁月的风尘,曾被无数双手抚摸过,看上去油光光的。

距离它不远的茫依然没有醒来的意思,他翻了个身,将一只胳膊放在一只羊身上,缩了缩身体,继续他舒坦而美好的睡眠。

有一只羊,却在大书落进草丛中的那一刻起,就一直睁着它那双琥珀色的眼睛看着。

它是头羊坡。

坡的眼形乃至眼神,酷似一双人的眼睛。此时,这双眼睛充满疑惑、警惕甚至敌意地看着草丛中的不速之客。

那本书似乎具有灵性,本来是在不停地掀动书页的,但在坡的毫不动摇的注视之下,悄然合上,在草丛中沉默着。

各种各样的鸟在潮湿的枝头用嘴梳洗完被露水打湿的羽毛后,或在枝头跳上跳下地欢叫,或飞向天空,往远处飞去觅食了。几只精灵样的小鹿,轻如细风,在林间来回奔跑着,一只灰黑色的野兔,一边打量着四周,一边用它那张独特的嘴巴咀嚼着被露水洗得干干净净的青草。

羊们都醒来了。

垛、埂、埃、墟、壤、坷……顺着坡的目光,都看到了大书。它们的目光顿时与坡的目光一样。

大书沉没在草丛中。

坡站了起来,随即,垛们也跟着纷纷站了起来。

有很长一段时间,它们动也不动地注视着大书。

茫的梦已进入尾声,嘴角如水波荡漾,随即,一串晶莹的口水顺着嘴角流出,流到银杏叶上。

坡慢慢地、犹疑不定地朝大书走去。

其他的羊一只一只地尾随其后。

在离大书五六步远的地方,坡停住了,歪着脑

# 花指头
## HUAZHITOU

袋看着大书，仿佛要马上读懂它。但它显然无法读懂它。过了一会儿，坡便开始围绕着大书走动起来。

垛们便一只一只地跟着坡。

一群白羊，绝无一丝杂质。它们围成一个首尾相衔的圆圈，以大书为圆心，不停地转动着，像一只硕大的白色轮子。

本来被羊们环绕而眠的茫，此时独自一人躺在富有弹性的银杏叶上，美美地接受着晨光的照晒，丝毫也没有觉察出他的羊已经不在他身边了。

这白色轮子先是慢慢地旋转，接下来越旋转越快，到了后来都看不清是羊了，成了旋转不止的旋涡。无数的羊蹄踏着地上的落叶，沙沙作响。旋转所生成的气流，将落叶旋到了空中，一时间空中飘满了金色的落叶。

落叶落到了地上，落到了茫的身上，不一会儿，他的身上就落满了叶子。

在白色的旋涡中，草丛中的大书开始瑟瑟发抖。

一片落叶落在了茫的眼睛上，他用手胡乱地拂开落叶，揉了一阵眼睛后，终于醒来了。他立即感觉到了羊们已不在他的身边，便转动着脑袋寻找着。

洁白的旋涡

蒙眬的双眼看到了白色的旋涡。他竟不能相信,那白色的旋涡就是他的羊群。他坐了起来,当他确信那白色的旋涡就是他的羊群时,心里充满了疑惑:这群畜生在疯什么呢?

羊群将大书围了个水泄不通。

茫看到的只有旋涡,看不到大书。

茫将鞭子往空中一甩,发出了一声叭的脆响。

羊群稍微受了一点惊动之后,却并未停下而是继续旋转。

疯吧!疯吧!

茫似乎还没睡够,扔掉鞭子,又在银杏叶上睡下了。

羊们终于跑累了,由奔跑渐渐变为行走。不再是轮子与旋涡了,又是一只只羊了。它们喘息着,鼻孔里喷着热气。

当茫翻了一个身,睁开眼睛来观望它们时,它们又迅速地跑开了——跑成了轮子与旋涡。

茫还是没有看见那本大书。

羊们看到茫转过身去,将后背冲着它们时,又慢下脚步。

茫好像又迷迷糊糊地睡着了。

坡伏在了地上，垛们也一只只地伏在了地上，嘴巴在喘息，肚皮一鼓一鼓的。

茫终于彻底醒来。他站了起来，朝着天空打了一个哈欠，掉头一看，那些羊又开始了奔跑，天空下又是轮子与旋涡。茫觉得今天的羊有点太怪异，在心中骂了一句："鬼东西，真是疯了！"他从地上捡起鞭子，朝它们走来，叭叭叭！连甩了几个响鞭。这鞭响就在羊们的头顶上，它们吓坏了，哗啦向四处跳开。

茫一下子看到了那本大书。

但，他并没有多么惊诧，他甚至都没有产生立即走过去将它捡起来的念头。他看了看他的羊，羊们看看他，又看看书。

好像不会发生什么了不起的事情似的。

羊们站在那里不动。

茫不时地瞥一眼草丛中的大书，在他心中，想过去将书捡起来的欲望便在一点一点地增长着。

那只叫壤的最聪慧的羊，忽地在草地上跳了起来。它的身体十分轻盈，跳起来时，显得又高又飘，仿佛可以停在空中。

茫的注意力移到了壤身上。

壤是一只母羊。它的跳动犹如跳舞,并且舞姿十分的优美。

茫忘记了那本书。

壤一边跳,一边走向远方。

茫的目光也被壤牵向了远方。

但茫终于看够了壤的舞蹈,目光又转向了那本书。

这时,垛、埂、埃等七八只羊同时在茫的眼前跳动起来。

茫的目光再次被吸引到羊的身上。

这些畜生纵横穿插,忽上忽下,有时居然跳出整齐划一的动作来,这让茫看得目瞪口呆。

当茫的目光又要开始游离时,全部的羊都投入到舞蹈中。它们忽聚忽散,聚时如云朵相拥,散时如白菊盛开,直看得茫眼花缭乱、心花怒放。

茫几乎完全忘记了那本书,并已在不知不觉中,随着羊群,一步步地离开了那本书。

羊们终于停了下来,开始吃草。

## 花指头
### HUAZHITOU

茫便倚着一棵树看着它们。

那边草丛中,大书寂寞地躺在那里。

这是一个晴朗的天气,树林上空,天高云淡。

羊们一边吃草,一边不时地瞥一眼它们的主人,它们生怕茫再度想起那本书。

随着太阳的升高,树干的影子越来越短。

茫忽然想起了什么,掉头朝着走过来的方向看去。

所有的羊都停止了吃草,抬头望着茫。

茫看了它们一眼,它们这才又低下头吃草,显出一副没事的样子。

茫再次朝走过的方向看去。看了一阵,他便朝那本书走去——他依稀记得它的位置。他先是慢慢走着,接着越走越快,到了后来,竟然奔跑起来。

坡朝茫追过去。

所有的羊都跟随着坡。

茫听到了身后的动静,停住了脚步,掉头看着羊群。

羊们立即站住了。

茫与它们久久地对望了一阵,还是朝书放置的

洁白的旋涡

方向跑去了。

他再次看到了那本书。

羊们在距离他四五步远的地方站着，一只只惶惶不安。

不知为什么，他并没有立即去拿那本书。他的眼睛里是一番犹疑，一番捉摸不定。他又看了看他的羊们，觉得今天早上实在有点儿怪异。

他几乎不打算去碰那本书了。

一直安静如睡的书，这时却打开了，并且不停地掀动着书页。

茫看了看四周的草，草纹丝不动。他又抬头看了看枝头的叶子，那叶子也纹丝不动。眼前的一切告诉他，并没有起风。

然而，那本书却一个劲地掀动着书页。

他的心开始有点儿发痒，目光渐渐变得痴迷。

坡们摆出一副严阵以待的样子，它们似乎要不顾一切地阻止它们的主人与那本书接触。坡的眼神几乎使人相信，茫一旦去接触那本书，它就能开口说话："别碰它！"

那书正着掀完书页后，便又开始反着掀动书页，

## 花指头
### HUAZHITOU

一页一页地掀,发出水流一般的哗哗声。

茫的目光就再也离不开它了。

他似乎看到那里头还有画。一闪而过。

他慢慢地朝书走去。

坡咩地叫了一声,垛们也一起跟着叫了起来。它们的叫喊声此起彼伏,叫得茫心里十分烦躁。他从腰带里再度拔出了鞭子,举在空中,恫吓着那些不可理喻的畜生们。

羊们开始奔突起来,或在他身后,或在他面前,吃通吃通,碰碰撞撞。

茫很生气,用脚踢了一只叫垣的公羊。

垣猛地跑开了,但在远处跑了一圈之后,又加入了羊群的环形奔突。

茫不理会它们,现在他只有一个心思:将那本书取到手上!他一步一步朝它走去……他觉得那翻动着的书,在草丛中荡出一个神秘的笑靥,这个笑靥使他的心灵为之一惊,却也更使他着迷。

天空的云停住了。

天上的鸟停住了。

就在茫蹲下伸出手去抓那本书时,坡将脑袋勾

洁白的旋涡

到胸前,从七八丈远的地方开始,撒开四蹄,举着犄角,不断加速地冲过来,然后猛地将茫撞翻在地。茫像一只球在地上滚了两圈。他愤怒极了,从地上爬起来,紧紧攥着鞭子,瞪着眼睛盯着已经跑开的坡,并一步一步地向它走去。见此情形,羊们开始东奔西突,将他与坡远远地隔了开来。他一时无法靠近坡,气急败坏,一边不停地踢着那些阻挡着他的羊,一边不屈不挠地追赶着坡。他发誓要好好揍它一顿!

那本书又无可奈何地合上了。

坡眨着狡黠的眼睛往后退着。

茫咬牙切齿地看着这对眼睛,心头的怒火噼里啪啦。

羊们在茫的面前交叉跑动,像摆迷魂阵一般,一会儿就搞得茫头晕眼花。他摇了摇头,眨了眨眼,用手抹了一把额头上的汗珠,撒开双腿,玩命朝坡追了过去。

坡往密林深处跑去。

所有的羊也都往密林深处跑去。

坡跑一阵,就停下来回头看一看茫,见茫落远

## 花指头
HUAZHITOU

了,它就在那儿等他一阵,见他终于又追上来了,便又掉头继续往密林深处跑去。

茫有一种被坡耍弄的感觉,一边追赶,一边在心中吼叫:"坡,我要揍死你!"

这是一片无边无际的森林。

茫不知不觉地就被坡们引到了密林的深处。他有点晕头转向,不辨东西了。

这时,羊们不再一个劲地往前奔跑,而在那些粗硕的大树之间跑动着。

坡一忽儿不见了。

而其他的羊也是一忽儿闪现,一忽儿又没了踪影。

参天大树,遮天蔽日,林子里一片昏暗。

茫累了,一屁股坐在地上。他的一个念头已经坚不可摧:抓住坡,将它吊在树上,用鞭子抽它个皮开肉绽!

几乎整整一天,羊们就这样与茫周旋着。

当茫完全迷失了方向,再也走不出这片森林时,坡从一棵大树后面走出,并且一直走向茫。

茫在心里哼了一声,突然从地上跳起来,随即,鞭子雨点一般抽打在坡的身上。他要用全身的力气抽打这只一直忠心耿耿地为他率领羊群的头羊。

坡站着一动不动。好几次，它有点儿站不住了，但最终还是摇晃着站立在茫的鞭下。

其他的羊都咩咩地叫唤着，声音哀切。

黄昏降临时，茫才扔下手中的鞭子。

坡摇晃了几下，瘫在了地上……

## 4

茫终于走出这片密林，已是繁星满天。

羊群一直慢慢地跟随着他。

草草吃了一些从地上捡来的果实后，他躺下了。

像往常一样，羊群将他围在当中，一只一只，互相紧挨着卧在地上。

茫看着天空的星星与夜行的飞鸟，看着看着，便睡去了。睡到半夜，他突然醒来，随即感觉到有一个心思藤蔓一般在纠缠着他，很快，他便明白了自己仍在心中对那本书念念不忘。他想让自己忘掉那本书，好好睡觉——明天还要放羊呢。但那本书

## 花指头
HUAZHITOU

却总是在他眼前掀动不停。于是，他便开始数天上的星星。天空像蓝绸——那些星星仿佛本是包裹在蓝绸里的，现在蓝绸打开了，它们一颗颗露了出来。深夜的星星，才叫亮呢，一颗颗，都是钻石。刚数到九，那本书就闯进他的心，活生生地将他的思路打断了。他很不服气，又重新去数。这一回，在数到十五时，那本书又闪现了出来。接下来，他就跟自己生气，跟自己过不去，发誓不数到一百，就绝不罢休，结果是连连失败。他终于失去了信心。那本书就这样牢牢地抓握和控制着他。

远处，有猫头鹰在空中叫。

茫坐了起来。他企图辨认出那本书放置的方向，但怎么去回忆，都不能很有把握地确定。

羊群在月光下熟睡着。

那只叫坡的羊，居然还打鼾。

茫站了起来，借着月光，寻找着落脚的空间，不一会儿就从羊群中走了出来，他回头看了一眼他的羊群，撒腿朝着一个大概的方向跑去。他着魔了，他一定要找到那本书。

跑了一阵，他便放慢了脚步，低头寻找起来。

找了一阵，他便疑惑起来：是这儿吗？夜晚，景色模糊一片。他觉得像是那个地方，又觉得不是。他转动着脑袋，向四面张望。白天所见到的那些树，那些湖泊都看不到了。他便又换了一个方向，但找了一阵，觉得更不像是那个地方。接下来，他就开始胡找一气，那样子像一只饿晕了头的夜狼，为找点儿填肚子的食物，东嗅西嗅，没头没脑地到处乱跑。

跑到后来，他呼哧呼哧地喘息起来。那喘息声，分明就是一只狼的喘息声。

那个有大书的地方，仿佛在这个世界上消失了。

越是找不到，他就越想找到。

他低头寻找时，撞到了一棵大树上，直撞得天旋地转，两眼金花四溅。清醒后，他对那棵大树一顿拳打脚踢，并朝它啐了十三口唾沫。

月亮已经偏西。

他终于失去了斗志，也终于精疲力竭。他倒在草地上，他不想立即回到他的羊群那里。他很生它们的气：这群畜生，你们为什么就不让我拿到那本书呢？难道那本书是本魔书不成?！他要让它们一早

## 花指头
### HUAZHITOU

醒来时,因为见不到他而陷入一片恐慌。

他实在太困了,便合上了眼睛。

将睡未睡时,他似乎听到了熟悉的哗哗声。起初,他以为是不远处的溪流声,但很快便认定那就是那本书翻动书页时所发出的声音。那声音就在他头顶的前方。他打了一个滚,由躺着的姿势转为趴着的姿势。他睁开了眼睛——

不远处的草丛中,那本书正在掀动着书页。

他的心开始颤抖起来。

他没有去拿那本书,而是把脸埋在草丛里。他闻到了一股干草被露珠浸润后所散发出来的苦涩味。

月光下,那本书显得十分安详。

茫一边用两只瞪得大大的眼睛看着它,一边朝它慢慢地爬去。

远处,传来了一片吃通吃通的声音,犹如巨大的冰雹密集地砸在地上。

茫的目光越过草尖向前看去时,见他的羊群在月光下如潮水一般向他涌来。

他笑了一笑。

他一伸手就能拿到那本书。

但他没有立即去拿,而是朝着他的羊群哈哈大笑起来。

那本书或许是因为羊蹄震动了地面,竟在草丛中不住地抖动起来。

就在羊群到达前的顷刻,茫一伸胳膊,将那本书抓到了手上。

就在那一刻,森林背后,有一道蓝色的闪电划过,随即便是震撼天地的巨雷。

茫一惊,差一点扔下那本书——但,就是没有扔下,那本书好像长在了他的手上一般。他顿时有一种奇异的感觉:一切都改变了!天不再是他作为放羊娃时眼中的天了,地不再是他作为放羊娃时眼中的地了,他也不再是那个放羊娃了。他觉得他的心灵与大脑于一瞬间注进了异样的东西。他觉得他的眼睛忽地、不可思议地变得那么的明亮。他居然在夜色中看到了坡的双眼:那双眼睛里是一片无奈与担忧。他的血管里,热血在奔涌,并在撞击着他的心灵,心房犹如一层薄薄的纸在呼扇,随时都可能破裂。他甚至觉得他的外表都改变了,要是在白天,他会立即冲到水边去打量一下他现在的模样。

一股恐惧感袭上了他的心头。

但他还是没有扔下那本书——非但没有扔掉,而且将它抓得更牢了。

不知过了多久,他的心才渐渐归于平静。他坐了起来,把那本厚重的大书捧在胸前。

天空,一朵朵云彩在奔腾,不时地掠过月亮。

茫看到,他的羊们不知是在什么时候忽然全都停住了,而此时此刻,一只只都用前腿跪在地上,一律无声地面朝着捧着大书的他……

## 5

茫打开那本书的那一刻,闻到了一股特别的气味,像草地的味道,又像是瀑布的味道,还像一种山风的味道,更有一种千年尘封的荒古气息。他一页一页地翻看下去时,发现这本书是完全不连贯的。并不都是文字,还有画以及一些莫名其妙的符号,甚至不时地就会碰上空白——整页整页的纸,竟不着一字,也无其他任何东西。那些文字读起来,不是晦涩难懂,就是让人觉得在云里雾里,不得其解。

茫企图读懂那些句子，但失败了——并不是读不通那些句子，而是搞不明白那些句子所含的意思。这使他感到很烦躁，甚至很生气。不久，他还发现，这本书的页码会在你毫无觉察的情况下变换位置。他明明记得，那画有马匹的一页是在有一段文字的一页之前，但在他再一次翻开时，有文字的一页却跑到画有马匹的一页前面去了。更使他感到不可思议的是，又一次翻看，他竟然再也找不到那些马了。他不死心，就一页一页地找下去，最终的结果是：那些马永远地失踪了！他恼怒地将它掷在了灌木丛里。

然而，最后他还是捡回了它。

这天还出现了一件怪事：他一打开这本书时，就看到了一幅人像，而在此之前，他有过许多次翻看，却从未看到过这幅人像。

这是一个长着络腮胡子的高大汉子，是那种叫"美髯公"的男人。他手牵一只毛色光亮的灰色猎犬，那猎犬的脖子上套着银色项圈，项圈上挂着银色的铃。

那男子一副神采飞扬、活灵活现的样子，仿佛随时都可能从书中大步走出，而那只猎犬同样跃然

## 花指头
HUAZHITOU

纸上,茫甚至听到了项圈上的银铃发出了清脆而悦耳的声音。

那男子以及那猎犬,似乎都在出神地看着他。

茫一时忘了这些书中的图像,竟然与他们对望起来,就像是赶着羊群走路,忽然在路上遇到了一个陌生的人和一条陌生的狗。

似乎又不特别的陌生。

在茫的眼中,那个气度不凡的男子很和蔼,甚至很谦恭。而那条猎犬,对他也无一丝凶狠,甚至显得有点儿温顺。

羊们停止了吃草,那神态仿佛是它们也都看到了那个男子与那条猎犬。

当一阵轻风吹过,掀动书页时,茫突然意识到这是书中的图像,不禁一阵恐惧,立即将书合上了,并四下张望。

四周,除了羊群,就只有草地与森林。

眼前的那个男子牵着猎犬,走来走去。

他不想看到他们,但他做不到。他又一次打开了书,很幸运,那个牵着猎犬的男子没有像那些马一样消失。但,他同样感到了惊愕,因为,他看到那个牵着猎犬的男子，本是正面朝他走来的，而现在，却已转身，似乎朝苍茫的远方走去了。

那个男子的背影似乎更加令人着迷。

茫一直看着这个背影……

也就是在这一天的黄昏，茫坐在一块石头上，看吃饱了的羊们正在向他聚拢准备迎接夜晚时，偶然一抬头，看到橘红色的满天霞光里缓缓走过一个牵着一条狗的男子。

这个男子越走越近……

茫一下子认出了：他就是书中的那个男子！

茫的心开始索索颤抖，双手也开始颤抖不已。

所有的羊都朝霞光处张望着。

茫连忙去翻看那本书，但他却再也找不到那幅人像了。

悦耳的铃声在霞光里响着，那男子一直走到了茫的面前。

他实际上比书中的男子更具风采，深邃的双目闪烁着智慧的光芒。

茫要站起身来，那人却摆摆手，示意他继续坐在石头上。

那条灰色的狗吐着长长的舌头,呼哧呼哧地喘息着。

他好像认识茫手中的书,说:"那是书中之书,是王书,是大王书!"

茫低头看着那本被霞光染红了的书。

"从今以后,你不可能离开它了,它也不可能离开你了!"

茫立即将它放在了石头上。

他微笑了一下:"从今以后,你也不再是一个放羊娃了!"

茫一把搂过了一只出生不久的羊羔,惶恐地望着他。

他不无伤感地笑了笑,然后回头望着变得越来越华贵的霞光。过了一会儿,他掉转头来,望着茫,发出一声长叹:"世界就在你手上了!"

这句话如雷贯耳,茫打了一个寒战,不禁紧紧地搂着那只小羊羔。

那只小羊羔的眼睛与茫的眼睛一样的亮,也一样地充满惶惑。

他却很平静地看着茫。他一直在等待着一个人的出现,而现在这个人终于出现了。虽然这个人只不过是一个放羊娃,旁人看上去,也许会觉得这个孩子与其他任何一个孩子相比,并无两样。然而,他却是一眼看出了这个放羊娃的非同寻常。

他是对的。

茫的身上,有着一下子无法说得清楚的东西。他第一眼看到茫时,犹如在寒冷的黑夜里忽地看到了天空上一颗明亮的星星。他的心着实震动了一下。

脏兮兮、乱糟糟的放羊娃的形象覆盖着一颗特别的灵魂。

这个灵魂为天地所造就。

舅舅对于他而言,不仅仅是教会他识字,更是让他懂得了常人难以领悟的关于这个世界的奥义。当羊群通过千年的冰大坂时,当冬天的第一场夜风吹过帐篷的尖顶时,当漫山遍野的青草于一夜之间变得憔悴时,舅舅会用这世界上最朴质的语言,给他的灵魂以启示。

他喜欢凝神看高阔的天和遥远的地平线。风吹草动、花开花落、雁来雁去、霞飞霞灭……他都用心地看,用心地听。他看到了风的颜色,闻到了月光的气味,听到了远方的花地经雨水之后芬芳而潮湿的脚步。一草一木,一枝一叶,都在日夜向他诉说——一个一个玄妙而透彻的道理。

舅舅把一句话深深地烙在他小小的心灵上:"天下最深奥的道理,并不在书上,而在天地之间。"

这个沉默的放羊娃早属于天与地了。

他——"美髯公"从看到茫的那一刻起,就知道了这一点。

"我想,我们还会见面的。"他说完,带着他的灰犬走了。

茫看着他的背影,那背影与他在书中看到的背影一模一样。

茫站了起来……

那人回过头来,大声地说:"记住我的名字,我叫柯!"

不一会儿,霞光便吞没了他和他的灰犬……

## 6

在这个世界的边缘,森林沼泽地一带,聚集了成千上万的难民。他们都是为了逃脱熄的魔法,九死一生逃亡到这里的。这些人只有一个念头:积蓄力量,有朝一日,杀回故地,推翻熄王朝,重回昨日。他们有的是举家迁徙,有的是抛妻别子只身一人踏上这逃亡之路。一路劳顿,加之熄王朝军队的追杀,死的死,伤的伤,十人当中,也就是四五个得以逃生。春去秋来,他们身后一路的白骨,令活着的人不敢回首。

荒无人烟之地。

艰难竭蹶之中,不时有人在郁闷与饥饿中悲惨死去。

活着的人依然坚韧地活着,他们开荒种地、打鱼捕猎、采摘苦涩的果实,甚至啃树皮吃草根。他们之所以坚持活着,是因为他们相信总有一天会求得一个破法之道。他们在苦苦地、默默地等待,但不知道是等待灵光的闪现,还是在等待一个降魔之人。他们在世界的边缘,在大洪荒里流动着,并向故地日夜眺望。

一年一年过去了,除了无法阻止衰老与死亡,他们没有看到任何希望的光芒。来自于家乡的尽是

## 花指头
HUAZHITOU

坏消息：熄王朝已铁桶一般牢不可破。

失望，乃至绝望的情绪，在森林沼泽地一带，如同瘟疫一般传播着。

许多人已经不想再挣扎，在木然地等待死神的镰刀。

许多人情绪恶劣，因此火拼不时地发生，草地已经多次被鲜血染红。

将自己吊在大树上的事情，几乎天天发生。

柯牵着他的灰犬，不住地奔走在他们中间。他一遍一遍地向人们呼吁着："活下去！活下去！我们的王就要诞生了！"才开始，人们以为他是个先知，但当他呼吁了千百次也未见兑现之后，人们就将他当成了一个说疯话的漂亮疯子。

他站在小山的山顶高叫着："他是一个无所不能的王！"

人们大笑，然后躺在地上，不一会儿，就大哭起来。

柯只好牵着他的灰犬，在森林沼泽地一带默默地走着。他心中焦急如焚。他担心在那一天终于到来之前，森林沼泽地一带，已是彻底死亡了的地带。

若是那样,这个世界也就永远永远不可能重见天日——那个王再无所不能,也不能独自收拾天下。他在心中一遍一遍地呼喊着:"活下去吧!活下去吧!王需要兵马,需要勇士,需要一支强大的军队!"

但,他还是看见人们一个接一个地在边地的辽阔天空下倒了下去。

他大声地骂道:"懦夫!一群懦夫!"

有人开玩笑:"那么你就做我们的王吧!"

他说道:"不,我的使命只是扶持王、辅佐王!"

人们见他一副煞有介事、一本正经的样子,笑得死去活来。

他只能仰天长叹。

这天,看上去与往常并无两样,但当他走到一棵大树下时,就觉得有一股暖风如流水一般从东方习习而来,心头不禁为之一震,带着灰犬便朝风吹来的方向走去。

他看到了茫,并且看到了大王书。

而茫也好,大王书也好,已不止一次地出现在

# 花指头
HUAZHITOU

他的梦里。当那梦第一次光临黑沉沉的夜晚时,他就坚信,天将亮了。这些日子,他就一直在虔诚地、安静地等待着召唤,等待着茫和大王书的出现。

他清楚地知道:这个梦只光顾他而绝不会光顾别人。

当他看到茫与大王书时,他心中激动得不住地念叨:"他们终于出现了!"他仰望天空,泪水夺眶而出。

他打量着茫,心中充满莫大的快慰:你们终于在人们还未都死去之前出现了!

他回到了那些绝望的人中间,告诉他们:"我们的王诞生了!"他向人们描摹着那个手捧大王书坐在岩石上的年轻人——一个放羊的孩子。

人们回答他的是此起彼伏的嘲笑。

## 7

这天早晨,茫醒来时,突然发现大王书不见了!

他立即跳了起来,四下里寻找开来,可就是不见大王书的踪影。

而就在那天夜里,在森林沼泽地一带,人们看到,明亮的月光下,飘飞着成千上万的纸片。刚开始,人们谁也没有看出这是纸片,看上去,它们像雪花,像鸟。它们在空中长时间地飞舞着,吸引了所有的目光。这对于那些长久生活在枯燥、单调无味的森林沼泽地一带的人们来说,无疑是一个令人兴奋的奇观。

这些纸片,直到天将亮时,才纷纷落在地上。

很快,就有人看到了那纸片上的一行大字:你们的新王诞生了!

成千上万张的纸片,毫无两样,在人们的手上不住地传诵着。

无数次地阅读之后,他们仰望天空,只见天空高阔而遥远。

悦耳的铃声响过来了。

人们看到了柯。

柯牵着灰犬,向人们微笑着。

所有人的目光里都是深深的歉疚。

柯牵着灰犬,走向东南方向。

男女老少,都跟着他,不一会儿,满山遍野的都是人。

柯说："我们都已记在脑子里了，现在，让我们将这些纸片放回天空吧。"

人们犹豫着。

柯将纸片放在掌心，只轻轻一抛，它便如一只小鸟轻盈地飞向了天空。

人们见此情状，也将纸片放在掌心，轻轻抛向空中。一时间，满天空又都是纸片，又都是雪花和鸟。它们纷纷扬扬地飘动着，一直飘得无影无踪。

"走！"柯一挥手，牵着灰犬一路向前。

他们不知疲倦地走着，走了一个白天，又走了一个夜晚，第二天早晨，走到一大片开阔地带时停住了。

他们闻到了大海的气息。

他们看到了柯早已向他们描绘了的情景……

# 8

一块巨石上，茫还在睡梦中。

羊们以各种各样的姿势，环绕在这块岩石的周围。

## 旭日东升

这是一个宁静、祥和的早晨。

远处的大海，风平浪静。太阳即将升起，天边已是一片浓浓的红色。这红色直向这里涌来，但越来越淡。

几只海鸥无声地飞翔着，一会儿在海上，一会儿在茫睡觉的岩石上空。它们有时飞得很低，翅膀几乎就要掠到茫的脸颊。

成千上万的人一动不动地站在这一大片开阔地上，翘首仰望着岩石上的茫。

茫与他的羊群却依然流连在睡梦中。

茫已找到大王书了。此刻，它就安放在茫的腮旁。

太阳渐渐探出大海，这是一个新鲜无比的太阳，海面上立即有了一条长长的金红色的光带，犹如一条华贵的小路。

首先醒来的是坡。它摇摇晃晃地站了起来，拱起背，然后伸了一个懒腰，咩咩地叫唤了几声。其他的羊便在它的叫唤声中纷纷醒来。只有几只小羊羔还不肯起来，眯缝着睡意蒙眬的眼睛。早晨有点儿凉，毛茸茸的小家伙们将自己的身体蜷成一团，

## 花指头
HUAZHITOU

它们要与它们的主人一起醒来。

茫翻了一个身。

成千上万的人扑通一声，齐刷刷地全都跪下了。

坡们陌生而困惑地看着这些跪在地上的人。

茫睁开了眼睛——

晴朗的天。

他拿起鞭子，侧过身体，低头望着那几只贪睡的小家伙，用鞭杆敲了敲岩石。

小家伙们醒来了，仰头看着茫。

茫心里一阵疼爱。

他抓着鞭子，面朝东方，伸开双臂，摇晃着站了起来——

一轮红日已完全跃出水面，正热气腾腾地向天空飘去。

他一拉裤带，裤子落在了岩石上。他将腹部微微向前挺去，不一会儿，一条清亮亮的细流便奔涌而出，在空中画出一条银色的弧之后，滴滴答答地落在了岩石下的青草丛中。一阵难以言表的舒适，从腹部发散开去，直至全身。

尿完，他没有立即提上裤子，就那么呆呆地站

**旭日东升**

在岩石上。

一阵冲动,如海水漫上心头,他甩开鞭子,在空中叭叭叭连抽了几下。这声音犹如帛裂一般清脆,天底下,无论何种生命,只要听见这一声音,都不能不为之一震。

他突然张大嘴巴,扯开喉咙,朝着太阳吼唱起来。

脖子上青筋鼓胀,声音不一会儿就变得嘶哑。

太阳的金光已经照到岩石,照到开阔地,人与草木一起,沐浴在金灿灿的光辉里。

茫唱累了,转过身来。

柯朝他大呼一声:"吾王万岁!"

紧接着,全体的呼声如春雷滚过:"吾王万岁!万岁!万万岁!……"

茫突然发现自己还光着屁股,不禁一阵害臊,连忙将裤子拉起系上,那时,呼声正高。他感到惶惶不安,站在岩石上,一副手足无措的样子。

无数的银色的海鸥从海上翩翩而至,环绕着他,美丽地飞翔……

选自长篇小说《大王书》第一部《黄琉璃》

# 米溪

曹文轩美文朗读·珍藏版
CAOWENXUAN MEIWEN LANGDU ZHENCANGBAN

根鸟和秋蔓无忧无虑地玩耍着。他们对一切都充满了兴趣：水田边一只绿色青蛙的一跳、池塘里的一团被鱼激起的水花、草丛中一只野兔的狂奔，甚至是小河里一条小青蛇游过时的弯曲形象以及它所留下的水纹，也都能将他们的目光吸引住。他们在这丰富多彩的田野上惊讶着、欢笑着，直到水面上起了一个个水泡泡，才知道天下起雨来了。

——《米溪》

花指头
HUAZHITOU

# 1

根鸟逃出鬼谷,向西走了三天,情绪渐渐变得低沉,逃出地狱的激动与狂喜一点一点地丢在了荒野小道上。对前方,他没有牵挂,自然也就更无热情与冲动。他想振作一下精神,催马快行,但无奈,他总不能让自己振作起来。他能一整天软绵绵地坐在马上,任由马将他载着西去。天上的太阳和云彩、路两旁的树林、村庄、庄稼地以及牛羊与狂吠的狗,所有这一切,他都不在意。他自己说不明白到底为什么落得如此状态。是对自己心中的那个信念开始怀疑了?是因为被鬼谷的生活以及逃脱耗尽了精力?……他想不明白,只能发呆。

这天傍晚,他终于在荒野上的大槐树下找到了原因:他想家了!当时,正是晚风初起时,天上的薄云,一朵朵,向东飘去。他望着那些薄云,拼命想起家来。他想念父亲,想念菊坡的一切。这种想念,一下子变得刻骨铭心。自从离开菊坡之后,他还从未如此强烈地想念过家——那个仅仅由他与父亲两人组成的家。他居然倚着大槐树,泪水滚滚地哭泣起来。

深夜,他终于情不自禁,骑上白马,掉转马头,披星戴月,直向东去。

他将一直盘桓在心的大峡谷暂时忘得一干二净。

他恨不能立即站在菊坡的土地上,看到父亲的面容,听到父亲的声音。他什么也不想要了,他只想要菊坡、父亲与家。他骑在马背上,走在异乡的路上,眼前的情景却都是菊坡的。

根鸟回到菊坡时,是秋天。

菊坡的秋天是明净而富饶的,又稍微带了一些伤感。

叶叶秋声。根鸟骑在马上,再一次沉浸在菊坡所特有的秋天的絮语声中。满山的树,除了松柏,都已开始变色,或红色,或橙色,或黄色,或褐色,一片片,一团团,一点点,说不清的好看。从山道往下瞧,已凉意深重。被树枝覆盖的山涧,时时传来凉凉的水声。枝叶偶漏一点空隙,便可借着秋光,看见涧中的清水如银蛇一般滑过。被秋露和山中雾气所浸润的枝叶与果实,都在散发好闻的气息。它

## 花指头
HUAZHITOU

们融合在一起,飘散着,直把秋的气息弥漫在你所需要的空气中。鸟的鸣叫声,比春天的安静,比夏天的清晰、明亮,让人觉得耐听,又让人觉得这叫声怕是它们在这一年里的尾声了。

村子在山下。

根鸟骑着马,一直在走下坡路,身子不由自主地挺得笔直。

快到村子时,便远远地见到了菊坡所特有的柿子树。一棵一棵,散落在坡上、水边,叶子都已被秋风吹落,而柿子却依然挂满枝头。它使人想到,不久前,它们还一颗颗藏在厚厚的叶子里,而忽然地在一天早上,叶子飘尽,它们都袒露了出来,像走出深院的闺女,来到了大庭广众之下,都害羞得很,不由得脸都红了,一颗颗地互相看着,越看脸越红。无奈,它们已无处躲藏,也就只好安安静静地让太阳看,让月亮看,让人看了。

根鸟终于看见村子里了。

这是中午时分。炊烟东一缕、西一缕地升起来,又被风吹散,混进半空中的雾气里。

根鸟从未注意过菊坡人家的炊烟。而此时,他却勒住马看着：菊坡的炊烟竟然也是好看的。它使根鸟感到了一种说不出的温暖与亲切。他忽然感到饿了，用腿一敲马肚，白马便朝小溪跑去。到了溪边，他翻身下马，跪在溪边，用一双黑黑的手，掬了一捧，又掬了一捧清水喝进肚里。他看到了几尾也只有菊坡的溪水里才有的那种身体纤弱的小鱼，正和从树上垂挂下来的几根枝条无忧无虑地嬉戏。他用手撩水朝它们浇去，它们一忽闪就不见了。

剩下的一段路，根鸟是将马牵在手中走的。越是临近家门，他倒越是显得没有急切与慌乱。

走到村口时，根鸟遇到的第一个人是黑头。黑头正坐在村口的磨盘上吃柿子。根鸟一眼就认出了黑头，但黑头却没有认出他来。

黑头看着风尘仆仆的根鸟，愣了半天。当他终于从根鸟那张黑乎乎的脸上认出了根鸟的那双眼睛时，柿子竟从手中落下，跌成一摊橙色的泥糊。他张着沾满柿汁的嘴，慢慢站了起来，并慢慢往后退去。

"我是根鸟。"根鸟朝他微笑着。

不知是因为黑头觉得根鸟是个跟疯子差不多的

## 花指头
HUAZHITOU

人而让他惧怕,还是因为根鸟失踪多日、现在却又如幽灵般出现而使他感到恐慌,他竟久久地不敢上前,并两腿不由自主地颤抖起来。

根鸟出走后,父亲在别人问起时,还从未向一个人说过他究竟去哪儿了,去干什么了。一是因为在父亲看来,根鸟是听从天意而去的,既然是天意,也就不必让人知道;二是因为父亲心中认定,当菊坡的人知道他的儿子竟是为一根莫名其妙的布条和一两场梦而去时,肯定会加以嘲笑的。他不想与这些很好的乡亲为儿子争辩,为自己与儿子共抱同一个念头而争辩。他不肯作答,使菊坡的人又一次想起根鸟的母亲的奇异的失踪,便抱了一种神秘感不再去追问。时间一长,菊坡的人差不多都将根鸟忘了。

而根鸟竟突然出现在菊坡的村口。

黑头抬起手,指着根鸟,神情恍惚地说:"你……你是根鸟吗?"

根鸟说:"黑头,我是根鸟,我就是根鸟!"

黑头冲上来,几乎鼻子碰鼻子地在根鸟的脸上审视了一番,在嘴中喃喃:"是根鸟,是根鸟……"

他掉转身去直向村里跑,一边跑,一边狂叫:"根鸟回来了!根鸟回来了……"

村里人闻讯,纷纷赶来了。

根鸟牵着马,走在熟悉的路上,朝村中走着。

村里的人看到根鸟,反应与刚才的黑头差不多。他们都在与根鸟还有一段距离的地方站住,朝他看着。

根鸟牵着马,朝他们微笑着。他觉得这一张张被山风吹成黑红色的面孔,都非常亲切。回家的感觉,已经如走入温泉一般,随着身体的一步步进入,温暖与湿润也在一寸寸地漫上心来。

一位年长者第一个走过来,说:"孩子,快回家吧。"

根鸟点点头,牵着马,和那位年长者一起,穿过人群往家走。多日不见他们了,他还有点害羞。

年长者说:"你回来得正是时候。"

根鸟不太明白年长者话中的意思:"我爸他还好吗?"

年长者说:"你回到家就知道了。"

根鸟是在人们的簇拥之下走到自家的院门口的。

## 花指头
### HUAZHITOU

他把马拴在院门前的树上,推开了院门。在院门发出一阵沙哑的声音的那一刻,根鸟心中飘过一丝凄凉。从前的院门声不是这样的。它怎么变得如此艰涩?院子里的景象,也缺乏生气。他在院中站了片刻之后,才朝虚掩着的屋门走去。

人群在院门外都停住了,只有那位年长者跟随根鸟走进了院子。

年长者在根鸟准备推门时,说:"孩子,你父亲,怕是活不长久了,你快点进屋吧,他心中不知多么想你呢。"

根鸟回头看了一眼人群,推开了屋门。

根鸟一时还不能适应屋里的昏暗,只觉得眼前糊糊涂涂的。他轻轻叫了一声:"爸爸。"

没有父亲的回答。

"爸爸。"根鸟已一脚踏进了父亲的房间。

黑暗里传来微弱的声音:"谁呀?"

"爸爸,是我。我是根鸟。我回来啦!"

"根鸟?你是根鸟?你回来啦?你真的回来啦?"

根鸟走到父亲的床边。借着小窗的亮光,他看到了父亲的面容:这是一张极端消瘦而憔悴的脸。

"爸爸,你怎么啦?"根鸟跪在床边,将冰凉的手伸过去,摸着父亲的同样冰凉的脸。

父亲看清了根鸟,两颗浑浊的泪珠从眼角渗出而滚落到枕头上。他朝根鸟吃力地笑着,嘴中不住地小声说:"你回来了,你回来了……"

"爸爸,你到底怎么啦?"根鸟的双眼已模糊成一片。

那位长者在根鸟的身后说:"你父亲半年前就病倒了。"

根鸟用衣袖擦去眼中的潮湿。父亲的面色是蜡黄的;眼窝深陷,从而使眉骨更为凸现;嘴巴瘪进去了,从而使颧骨更为凸现。父亲躺在被子下,但根鸟觉得那被子下好像就没有父亲的身体——仿佛他的身体已经瘦得像纸一般薄了。

晚上,根鸟与父亲睡在一张床上。

父亲问道:"你找到那个大峡谷了吗?见到那个小姑娘了吗?"

根鸟不做声。

"那你怎么回来了?"

"我想家。"

花 指 头
HUAZHITOU

父亲叹息了一声："你怎么能半途而废呢?"

根鸟不做声,只是用手在被窝里抚摸着父亲干瘦的腿。

"你这孩子呀,最容易相信一件东西,也最容易忘记一件东西。你这一辈子,大概都会是这样的……"

根鸟用双臂抱住了父亲的双腿。他让父亲说去,而自己却一句话也不愿说。此时此刻,他只想抱紧父亲的双腿。

七天后,父亲便去世了。

从墓地回来后,根鸟并不感到害怕,只是感到了前所未有的孤单。他有点不愿回到那间曾与父亲一起度过了十四个春秋的茅屋。大部分时间,他就坐在院门口,神情漠然地去看秋天在菊坡留下的样子。

根鸟一直记不起大峡谷。

两天后,根鸟走进了自家的柿子林。他小心翼翼地往筐里收摘着成熟的和将要成熟的柿子。他给菊坡人的印象是:从此,根鸟将像他的父亲一样,成为菊坡的一个猎人,一个农人,他不会再离开这个地方了,他将在这里长成青年,然后成家、生小孩,直至像他父亲一样在这里终了。

根鸟解开了马的缰绳:你愿去哪儿就去哪儿吧。

但白马没有远走,只是在离根鸟的家不远的地方吃草,而太阳还未落山时,便早早又回到了院门口的大树下。

秋天将去时,根鸟的心绪又有了些变化。而当冬天正从山那边向这里走来时,他开始变得烦躁不安,仿佛心底里有一颗沉睡的种子开始醒来,并开始膨胀,要顶开结实的泥土,生出嫩芽。

根鸟开始骑白马,在菊坡的河边、打谷场上或山道上狂奔。

菊坡村的小孩最喜欢看这道风景。他们或站在路边,或爬到树上,看白马驮着根鸟,在林子里如白光闪过,在路上跑起一溜粉尘。有几个胆大的,故意站在路中央,等着白马过来,眼见着白马就要冲到自己跟前了,才尖叫着,闪到路边,然后在心中慌慌地享受着那一番刺激。

根鸟让白马直跑得汗淋淋的,才肯撒手。然后,他翻身下马,倒在草丛里喘息。白马的嘴角流着水

## 花指头
HUAZHITOU

沫,喘息着蹲在根鸟的身边。这时,会有一两只牛虻来叮咬,它就用耳朵或尾巴去扇打,要不,就浑身一抖,将它们赶走。白马终于彻底耗尽了力气,最后连那几只牛虻也懒得去赶了,由它们吸它的血去。这时,稍微有了点力量的根鸟,就从草丛里挣扎起来,走到白马身旁,瞄准了牛虻,一巴掌打过去。当手掌离开马的身体时,手掌上就有了一小片血。

这天,白马驮着根鸟在河边狂奔,在拐弯时,一时心不在焉的根鸟被掼下马来,落进了河水中。水很凉。就在他从水中往岸上爬时,他的头脑忽然变得异常的清醒。他本应立即回家换上衣服,但却湿淋淋地坐在河边上。他朝大河眺望着。大河空空的,只有倒映在它上面的纯净的天空。而就在他将要离去时,他忽然看到远处缥缈的水汽中,悠然飘出了父亲。他看不太清楚,但他认定了那就是父亲。父亲悬浮在水面上,默然无声。而根鸟的耳边却又分明响着父亲的声音:"你怎么还在菊坡?"他心里一惊,睁大了眼睛。随之,父亲的影子就消失了,大河还是刚才的那个大河,河面上空空的。

根鸟骑上马背。此刻,他的耳边响着父亲临终的那天晚上,用尽最后一丝力气,从牙缝挤出的两个字:天意。

根鸟骑着马在村里村外走了好几遍,直走到天黑。他要好好再看一遍生他养他的菊坡村,然后直让它被深深地吃进心中。

这天夜里,菊坡村的一个人夜里出来撒尿,看见村西有熊熊的火光,便大叫起来:"失火了!失火了!"

人们被惊动起来,纷纷跑出门外。

根鸟正站在大火面前。那间曾给他和父亲遮蔽烈日、抵挡风寒的茅屋,被他点燃后,正在噼噼啪啪地燃烧。

火光映红了菊坡的山与天空。

菊坡的人似乎感到了什么,谁也没有来救火,只是站在一旁静静地看着。

火光将熄时,根鸟骑上了白马。他朝菊坡的男女老少深情地看了最后一眼,那白马仿佛听到了远方的召唤,未等他示意,便驮着他,穿越过火光,重又奔驰在西去的路上。

花指头
HUAZHITOU

菊坡的人听见了一长串回落在深夜群山中的马蹄声。那声音后来渐小,直到完全消失,只将一丝惆怅永远地留在菊坡人的心里。

## 2

走上大平原的路,是根鸟刚满十七岁的那年春天。

这是根鸟第一次见到平原,并且是那样平坦而宽广的大平原。它也许不及根鸟所走过的荒漠阔荡与深远,但它也少了许多大漠的荒凉与严酷。它有的是柔和、清新与流动不止的生命,并且,它同样也是开阔的,让人心胸开朗。根鸟看得更多的是山。山固然也是根鸟所喜欢的,但山常常使根鸟感到目光的受阻。屏障般的山,有时使根鸟感到压抑。在菊坡时,他最喜欢做的一件事,就是翻过山去。但结果总是让他有点失望,因为会有另一座山再次挡住他的视野。大山使根鸟直到他真正走出之后,才第一次感受到遥远的地平线。此时的平原,使根鸟的眼睛获得了最大的自由。他的目光可以一直看下去,一直看到他的目光再也无力到达的地方。他沐浴在大平原温暖湿润的和风中,心中有说不出的清爽与愉悦。

春天的平原,到处流动着浓浓的绿色。

根鸟将马牵到一条小河边,然后用乞讨的饭盆,一个劲地向马身上泼水,直将白马洗刷得不剩一丝尘埃。

根鸟骑着白马,走在绿色之中。旅途的沉闷与单调,似乎因为大平原的出现而暂时结束了。根鸟在马上哼唱起来。一开始,他的哼唱还很认真,但过不一会儿,他就使自己的哼唱变得有点狂野起来。他故意让声音扭曲着,让它变得沙哑,把本来应该自然滑下去的唱腔,硬是拔向高处,而把应该飞向高处的唱腔,又硬是让它跌下万丈深渊。他觉得这样过瘾。他不怕人听见后说他唱得难听——难听得像才刚刚学会叫的小狗的吠声。

在春天的太阳下,他的这种好心情,直到太阳偏西,才慢慢淡化下来。

马来到了一条笔直的大道上。道虽宽,但两边的杂草却肆意地要占领路面,也就只剩下中间一条

## 花指头
HUAZHITOU

窄窄的小道。马走过时,在土道上留下了一个又一个清晰的蹄印。

马走了一阵,根鸟远远地看到前面有一个红点儿。那个红点儿在一抹绿色中,很诱人。他就让马走得快了些。过不一会儿,他就看清了那是一个人。再过了一会儿,他就看清了那是一个女孩儿。这时,他就不知道让自己的马是快些走还是慢些走好了。他犹豫起来。那马仿佛要等他拿定主意,也就自动放慢了脚步,还不时吃一口路边的嫩草。

马几乎用了和女孩同样的速度走了一阵之后,才在根鸟的示意之下,加快了步伐。

根鸟已可以十分清楚地看见那个女孩的背影了:这是一个身材修长的女孩儿,穿一条黑色的长裙,上身又套了一件短短的紧身红衣,头发很长;随着走动,那一蓬头发就在红衣服上来回滑动,闪着黑亮的光泽。她提了一只很精致的藤篮。或许是藤篮中的东西有点儿沉重,又或许这女孩儿娇气、力薄,提藤篮的样子显得不太轻松。但女孩儿内心还是坚强的,决心要提好藤篮,保持着一种好看的样子往前走。她走路的样子,与路边杨柳所飘动的柔韧的柳丝,倒是很和谐的。

马又向女孩儿靠近了一段。女孩儿终于听到了马蹄声,便掉过头来看。当看到一匹高头大马跑来时,她立即闪到路边的草丛里,然后就站在那里再也不敢走动了,只怯生生地朝马和根鸟看。

女孩儿大概没有看见过马,现在突然看见,并且是一匹漂亮的马,惊恐的目光里还含着一丝激动。

白马突然加速,朝女孩儿跑来,四蹄不住地掀起泥土与断草。

女孩儿又再一次往路边闪让,直到再也无法闪让。她闪在一棵柳树的后边,只露出一只眼睛来看着。那只藤篮,被她丢弃在草丛里。

根鸟硬是勒住缰绳,才使白马在离女孩儿三四丈远的地方放慢脚步。

马的气势是女孩儿从未经验过的。因此,当马喷着响鼻、扑打着耳朵从她面前经过时,她不禁好似受着寒风的吹打而紧缩着双肩,甚至微微颤抖起来,并闭起双眼来不敢看马。

根鸟心中感到有点好笑。他是高高骑在马上来看那个女孩儿的,因此觉得自己十分高大,心里的

## 花指头
### HUAZHITOU

感觉很好。走过女孩之后,根鸟不禁回过头来看了一眼,这时他看到那女孩儿也正在看他。他的印象是,那女孩儿的眼睛不大,几乎眯成一条黑线,像喝了酒似的,醉眼蒙眬。

根鸟骑马西去,但女孩儿的那双眼睛却不时闪现在他的眼前。

根鸟让马飞跑了一阵之后,又让它放慢了脚步,直到让马停住。他还想掉头去看一眼那女孩儿,但却又没有掉过头去。

"她好像需要人帮助。"根鸟有了一个停下来的理由。他把马牵到路边的一条溪流边上。他让马自己去饮水、吃草,然后在溪流边的树墩上坐下,做出一副旅途劳累,需要稍作休息的样子。

女孩儿正朝这边走过来。

根鸟显得慵懒而舒适。他随手捡起身边的小石子,朝水中砸去。那石子击穿水面时,发出一种清脆的声音。他只看溪流,并不去看那女孩儿,但在心里估摸着那女孩儿已走到了离他多远的地方。

女孩儿见到了歇着的马和根鸟,犹豫着走了几步,竟然站住不走了。她用一双纤细的手抓住藤篓的把手,将它靠在双膝上,心怀戒备,朝这里警惕地看着。看来,她既怕马,还怕根鸟。根鸟与人太不一样。长时间的跋涉,使根鸟无论是从眼睛还是到整个身体,都透出一股荒野之气。他很瘦,但显得极为结实,敞开的胸脯是黑红色的,像发亮的苦楝树的树干,能敲出金属的声响。长时间地躲避风沙,使他养成了一个半眯着眼看人的习惯。他的眉毛与眼眶仿佛是为了顺应周围环境的需要,居然在生理上发生了变化,前者又长又密,并如两只蚕一般有力地昂头弯曲着,而后者用力地凸出来,仿佛要给眼珠造成两片遮挡风雨与阳光的悬崖。目光投射出来时,总带着一丝冷峭,加上那双眉毛,就让人觉得他的目光像锥子一样在挖人。他的头发也变得又粗又硬,一根一根,如松树的针叶一般竖着。还有那肮脏的行装,都使人感到可疑、可怕。

　　根鸟瞥了几次女孩儿,忽然明白了她在怕他和他的马,便拍了拍手上的灰尘,起身上马,又往西走了。骑在马上,他心中不免有点失落,再看大平原的风景,也就没有先前那么浓的兴趣了。

　　太阳正落下去。这是根鸟第一次看见平原的落

## 花指头
### HUAZHITOU

日。太阳那么大，那么圆，颜色红得像胭脂。它就那样悬浮在遥远的田野上，使天地间忽然变得十分静穆。

一条小河隔断了西去的路，只有一座独木桥将路又勉强地联结起来。

根鸟下马，让马自己游过河去，自己则非常顺利地走过了独木桥。

根鸟本想骑马继续赶路的，忽然又在心中想起那个女孩儿：她也能走得了这座独木桥吗？他站住了朝东望去，只见女孩儿正孤单单地朝这里走过来。

女孩儿走到小河边，看到了那座独木桥之后，显出一点慌张。当她用眼睛在河上企图找到另外可走的桥或可将她渡过河去的船而发现河上空空时，她则显得不安了。

女孩儿大概必须要走这条路。她提着藤篮，企图走过独木桥，但仅仅用一只脚在独木桥上试探了一下，便立即缩了回去。

太阳仿佛已经失去了支撑的力量，正明显地沉落下去。黄昏时的景色，正从西向东弥漫而来。

根鸟从女孩儿的目光里得到一种信号：她已不

太在意他究竟是什么人了,她现在需要得到他的帮助。他潇洒地走过独木桥,先向女孩儿的藤篓伸过手去。

女孩儿低着头将藤篓交给了根鸟。

根鸟提着藤篓朝对岸走去。走到独木桥的中间,根鸟故意在上面做了一个摇晃的动作,然后掉过头去看了一眼惊愕的女孩儿,低头一笑,竟大步跑起来,将藤篓提到了对岸。

减轻了重量的女孩儿,见根鸟在对岸坐下了,明白了他的意思:这样,你可以走过来了。于是,她又试着过独木桥,但在迈出去第一步时,她就在心里知道了她今天是过不去这座独木桥了。

太阳还剩下半轮。西边田野上的苦楝树,已是黑铁般的剪影。

女孩儿茫然四顾之后,望着正在变暗的河水,显出了要哭的样子。

平原太空荡了,现在既看不到附近有村落,也看不到行人。陌生的旷野,加之即将降临的夜色,使女孩儿有了一种孤立无援的感觉。而这个看上去尽管已有十五六岁的女孩儿,显然又是一个胆小的

## 花指头
### HUAZHITOU

女孩儿。

根鸟知道她已不再可能过桥来了，便再一次走过去。他犹豫了一下，向女孩儿伸过手去，女孩儿也将手伸过来。可就在两只手刚刚一接触时，就仿佛两片碰在一起的落叶忽遇一阵风吹而又被分开了。根鸟将手很不自然地收回来，站在独木桥头，一时失去了主意。

女孩儿将手收回去之后，下意识地藏到了身后。

根鸟又走过桥去。他在走这座独木桥时，那只曾碰过女孩儿手的手，却还留着那瞬间的感觉：柔软而细嫩。他的手的粗糙与有力，使那只手留给他的感觉格外鲜明与深刻。他感到面部发胀。这是他十七年来第一次接触女孩儿的手。他在对岸站着，不知道怎么帮助女孩儿。而他在心里又非常希望他能够帮助她，她也需要他帮助她。

女孩儿真的小声哭泣起来。

根鸟一边在心中骂她没有出息，一边从一棵树上扳下一根树枝来。他取了树枝的一截，然后又再从独木桥上走回来。一根小木棍儿，七八寸长。他抓住一头，而将另一头交给了女孩儿。

女孩儿抓住了木棍的另一头。

根鸟紧紧地抓住木棍,尽量放慢速度,一寸一寸,一步一步地将女孩儿搀向对岸。

走到独木桥中间时,根鸟感觉到女孩儿似乎不敢再走了,便转过身来,用目光鼓励她。

这样的目光,对女孩儿来讲,无疑是有用的。她鼓足了勇气,又走完了独木桥的另一半。

在根鸟的感觉里,一座只七八米长的独木桥,几乎走了一百年。

走过了独木桥,女孩儿一直苍白着的脸一下子红了。她很感激地看了根鸟一眼,随即又变得害羞起来。

太阳彻底沉没了。四野一派暮色。天光已暗,一切都变成影子。

根鸟朝不见人烟的四周一看,问道:"你去哪儿?"他已很长时间不说话了,声音有点涩而沙哑。

"我回家。"

"你家在哪儿?"

"往西走,还很远。"

"那地方叫什么?"

花指头
HUAZHITOU

"米溪。"

"那我知道了,还有好几十里地呢。我也要往那儿去。"

"米溪有你的亲戚吗?"

"没有。我要路过那儿。我还要往西走。"

女孩儿得知根鸟也要去米溪,心中一阵高兴:她有个同路的,她不用再害怕了。但当她看到白马时,又一下子变得十分失望:人家有马,怎么会和你一起慢吞吞地走呢?

根鸟抓起缰绳。

女孩儿立即紧张起来:"你要骑马走吗?"

根鸟回头看着她:"不,天黑了,我和你一起走吧。"

女孩儿用眼睛问着:这是真的吗?

根鸟点了点头,将缰绳盘到了马鞍上,让马自己朝西走去。他提了藤篓,跟在了白马的身后。那白马似乎通人性,用一种根鸟和女孩觉得最适合的速度,均匀地朝前走着。

空旷的原野上,白马在前,根鸟在中间,女孩儿跟在根鸟身后,默默地走着。这组合又会有所变化:根鸟在前,女孩儿跟着,白马又跟着女孩儿;女孩儿在前,根鸟在后,白马跟着根鸟。但无论是何种组合,根鸟和女孩之间一直没有说话。

夜色渐渐深重起来。四周全是黑暗,白天的景色全部隐藏了起来。

根鸟已不可能再看到女孩儿的眼睛,但他分明感觉到身后有一双细眯着的眼睛在看着他的后背,因此一直不敢回头。

当根鸟意识到不能再让女孩儿走在最后,而闪在路边让女孩儿走到前面去之后,那女孩儿也似乎觉得后面的根鸟在一直看着她,同样地不敢掉过头来。女孩儿像记住了她的眼睛的根鸟一样,也记住了根鸟的眼睛。不知为什么,她不再害怕他的那双与众不同的眼睛了。她很放心地走着。她现在不敢回过头来,是因为那莫名其妙的害羞。

除了风掠过树梢与路边池塘中的芦苇时发出的声响,就只有总是一个节奏的马蹄声。

走在后边的根鸟有一阵心扑通扑通地跳起来,因为风从西边吹来,将女孩儿身上的气息吹到了他的鼻子底下。他无法说清这是一种什么样的气息,

## 花 指 头
HUAZHITOU

但这神秘的气息，使他的心慌张起来。他不禁放慢了速度，把与女孩儿的距离加大了一些。

女孩儿觉得后面的脚步声跟不上，就有点害怕，站住不走了。

根鸟又赶紧撵上两步来。他们终于又相隔着先前的距离，朝西走去。

绿莹莹水汪汪的大平原，夜间的空气格外湿润。根鸟摸了摸头发，头发已被露水打湿。正在蓬勃生长的各种植物，此时发出了与白天大不一样的气味。草木的清香与各种花朵的香气，在拧得出水来的空气中融和，加上三月的和风，使人能起沉醉的感觉。无论是根鸟还是女孩儿，他们都一时忘记了旷野的空荡、深夜的恐怖和旅途的寂寞，而沉浸在乡野气息的愉悦之中。

又走了好一阵，终于女孩儿先开口说话了："你叫什么名字？"

"我叫根鸟。"

女孩儿似乎在等待根鸟也问她叫什么名字，但根鸟并没有问她。过了一会儿，她说："我叫秋蔓。"

"你怎么会是一个人走路?"根鸟问。

秋蔓告诉根鸟,她在城里读书,现在读完了。一个月前,她托人捎信回家,让人到船码头接她,结果她在码头上左等右等,也未见到家人。她怀疑可能是家人记错了日子,要不就记错了船码头——她可以分别在两个不同的码头下船,而在不同的码头下来,她就会有两条回家的路。

"如果是你记错了日子或者船码头了呢?"

"肯定是他们记错了。"秋蔓在说这句话时,口气里满是委屈,又要哭了似的。

"你往西去哪儿?"女孩儿问。

根鸟不知道怎么回答她。他想告诉她西去的缘故,但他打消了这个念头。他怕女孩笑话他。因为,几乎所有的人在听到这样的缘故后,都会嘲笑他。他支支吾吾地:"我要去很远很远的地方。"

女孩儿见根鸟不愿回答,心里有了点神秘感。但她没有去追问。她是一个乖巧的女孩儿。

月亮终于从东边的树林里升起来。大概是因为夜雾的缘故,它周边的光华显得毛茸茸的。但,随着它的升高,光就变得越来越明亮。路随之亮了起来,人、马以及周围的物象也都亮了起来。黑暗去了,变成了朦胧。由于朦胧,就使根鸟和秋蔓觉得,那林里,芦苇丛里,草窠里,庄稼地里,到处都藏着秘密。春季月光下的夜晚,与人醉酒之后看到的物象差不多,一切都恍恍惚惚的。

一片无边无际的麦地出现了。麦子已经抽穗,近处的麦芒在月光下闪着银光。风大了些,黑色的麦浪温柔地向东起伏而去。很远很远的地方,传来了梆子声。这似有似无的梆子声,将春夜敲得格外宁静和寂寞。

道变窄了,他们不时被涌过来的麦浪打着双腿。

要是根鸟独自一人行走在这旷野里,他会突然大喊一声,或故意扭曲地唱上几句。但此刻,有个女孩儿在他前头,他不能这样做。他也不想去破坏这份宁静——这份宁静让他非常喜欢。

已走到后半夜了。根鸟和秋蔓都不觉得困倦。但秋蔓显然走得有点困难了。根鸟牵住了马,说:"你骑上马吧。"

秋蔓摇了摇头。

"骑上吧。这马非常乖的。"

"我没有骑过马。"

"没有关系的。骑上它吧。"根鸟说着,就在马的身旁蹲下,并将腰弯成直角,给秋蔓一个水平的脊背。

秋蔓不肯。

根鸟就固执地保持着那样一个姿势:"骑上马吧。你的脚已打出泡来了。"

"你怎么知道的?"

根鸟说不清他是怎么知道的,但只是觉得秋蔓的脚上肯定打出泡来了。

秋蔓终于将脚踩到了根鸟的背上。根鸟慢慢地升高、升高,最后他踮起双脚,将秋蔓送到了马背上:"抓住马鞍上的扶手,你肯定不会摔下来的。"

秋蔓开始有点紧张,但白马努力保持平衡,使秋蔓慢慢放松下来。她从未骑过马。马背上的感觉是奇特的。如果是家人在她身旁,她会咯咯咯地笑起来。

根鸟唯恐秋蔓有个闪失,就牢牢地牵着缰绳,走在马的身旁。

秋蔓只能看到根鸟的头顶与双肩。她觉得他的双肩很有力量。

路穿过一片树林时,月亮已经高悬在头顶上,林子里到处倾泻着乳汁一般的光华。根鸟主动向秋蔓诉说了他西去的缘由。说完之后,他就担忧秋蔓会笑话他。

秋蔓没有笑话他。

但他却在看也没看秋蔓的面孔时,竟然觉得秋蔓在笑,并且笑弯了眉毛。他还听出了秋蔓心中的一句话:"你好傻!"是善意的,就像这月光一样的善意。根鸟心里有一股暖暖的、甜甜的,又含了点不好意思的感觉。

黎明前的那阵黑暗里,他们走到了那个平原小镇:米溪。

在秋蔓的带领下,他们走到了一座大宅的门前。

根鸟以同样的方式,将秋蔓从马上接下。

秋蔓立即朝大门跑去。根鸟看见了被门旁两只灯笼照亮的大门。他从未见过这样又高又大的门。灯笼在风里晃动,上面写着一个"杜"字。

秋蔓急促地叩响了大门上的门环,并大声地叫着:"开门呀,开门呀,我回来啦!"

随即门里传来"吃通吃通"的脚步声。门很快吱呀打开了。有许多灯笼在晃动,灯光下有许多人。他们认出了秋蔓之后,又掉过头去向里面喊道:"小姐回来啦!小姐回来啦!"后面又有人接着把这句惊喜的话,继续往深处传过去。根鸟只觉得这大宅很深很深。

　　秋蔓竟然"哇"的一声哭了。

　　那些人显得十分不安。他们告诉秋蔓,家里派人去船码头接了,没有接着,正着急呢,所有的人到现在还都没有睡觉,老爷和太太也都在客厅里等着呢。差错出在秋蔓记着的是一个码头,而家中的人却以为是另一个码头。

　　秋蔓被一群人前呼后拥地送往大宅的深处。

　　一直站在黑暗中的根鸟,通过洞开着的大门往里看时,只见房子后面有房子,一进一进地直延伸到黑暗里。灯笼映照着一根根深红的廊柱、飞起的檐角、庭院中的山石与花木……

　　过了不一会儿,人群又回来了。他们显然已听了秋蔓的诉说,看根鸟来了。走在前面的是秋蔓。她一手拉着父亲的手,一手拉母亲的手。见了根鸟,她对父母亲说:"就是他。"

秋蔓的父亲身材瘦长,对着根鸟微微一鞠躬:"谢谢你了。"随即让佣人们赶紧将根鸟迎进大门。

根鸟一开始不肯,无奈杜家的人不让他走,连拖带拉地硬将他留住了。淋浴、更衣……当根鸟在客房中柔软舒适的大床上沉沉睡去时,天已拂晓。

# 3

根鸟醒来时,已是第二天快近中午了。

秋蔓早已守候在寝室外的厅里,听见寝室门响之后,对两个女佣说:"他醒了。"

两个女佣赶紧端来洗漱的铜盆。秋蔓接过来,要自己端进去。两个女佣不让:"哪能让小姐动手呢。"但秋蔓却固执地一定要自己端进去。两个女佣只好作罢,在门外站着。

根鸟见秋蔓进来,望了一眼窗外的日光,有点不好意思:"我起晚了。"

秋蔓笑笑,将铜盆放在架子上。那铜盆擦得很亮,宽宽的盆边上搭着一块雪白的毛巾,盆中的清水因盆子还在微微颤动,荡出一圈圈细密的涟漪。

根鸟手脚不免有点粗笨,洗脸时,将盆中的水洒得到处都是。

秋蔓一旁站着,眯着眼笑。

等根鸟吃完早饭,秋蔓就领他在大院里的那一幢幢房子里进进出出地看,看得根鸟呆呆的。这个大宅,并没有给根鸟留下具体的印象。他只觉得它大,除此之外,还有一些颜色与光影在他的感觉里闪动:砖瓦的青灰、家什亮闪闪的荸荠红、庭院莲花池中水的碧绿、女佣们身着的丝绸衣服的亮丽……

杜家是米溪一带的富户,有田地百余亩,有水车八部,有磨坊两座,还有一爿这一带最大的米店。

根鸟自然从未见过这么大的大宅。

接着,秋蔓又领着根鸟去看米溪这个镇了。

这是大平原上的水乡地区。米溪坐落在一条大河边上。一色的青砖青瓦房屋,街也是由横立着的青砖密匝匝地铺成,很潮湿的样子。街两旁是梧桐树。梧桐树背后,便是一家家铺子,而其中,有许多是小小的酒馆。家家的酒馆都不空着。这里的人

# 花指头
HUAZHITOU

喝酒似乎都较为文雅,全然没有根鸟在青塔或其他地方上见到的那么狂野与凶狠。他们坐在那里,用小小的酒盅,慢慢地品咂着,不慌不忙,全然不顾室外光阴的流逝。几条狗,在街上随意地溜达,既不让人怕,也不怕人。中午的太阳,也似乎是懒洋洋的。小镇是秀气的,温馨的,闲适的。

根鸟走在阳光下,也不禁想让自己慵懒起来。

在杜府住了两日,根鸟受到了杜家的热情款待,但他在心里越来越不自在起来。这天晚上,他终于向秋蔓的父母亲说:"伯父伯母,我明日一早,就要走了。"

秋蔓的父母似乎挺喜欢根鸟,便用力挽留:"多住些日子吧。"

根鸟摇了摇头:"不了。"

秋蔓的父母便将根鸟要走的消息告诉了秋蔓。秋蔓听了,默不作声地走到自己的房间去了。

第二天一大早,根鸟就起了床,收拾好了自己的行装,将白马从后院的树上解下,牵着它就朝大门外走。

秋蔓的父母又再作最后的挽留。

根鸟仍然说:"不了,我该上路了。"他说这句话时,不远处站着的秋蔓正朝他看着。那目光里有一种说不出的神色,它使根鸟的心忽地动了一下,话说到最后,语调就变弱了。

秋蔓默默地站着,一直用那样的目光看着他。

杜府的老管家是一个慈祥的老头,就走过来从根鸟手中摘下缰绳:"既然老爷和太太这么挽留你,小姐她……"他看了一眼秋蔓:"自然也希望你多住几日,你就再住几日吧。"

根鸟就又糊里糊涂地留下了。

又住了三日,根鸟觉得无论如何也该走了。这回,秋蔓则自己一点不害羞地走到了根鸟的面前,说:"我知道你为什么要走。"

根鸟不吭声。

"你是不愿意这样住在我家。你不是在路上对我说过,你要在米溪打工,挣些钱再走的吗?那好,我家米店里要雇背米的,你就背米吧,等挣足了钱,你再走。"

根鸟不知如何作答。

"留不留,随你。"秋蔓说完,掉头走了。

## 花指头
HUAZHITOU

根鸟叫道:"你等一等。"

秋蔓站住了,但并不回头。

根鸟走上前去:"那你帮我对伯父说一说。"

秋蔓说:"我已经说好了。"

当天下午,根鸟就被管家领到了大河边上。

杜家的米店就在大河边上。很大的一个米店。这一带,就这么一家米店,那米进进出出,每天都得有上万斤。

河上船来船往,水路很是忙碌。米溪正处于这条河的中心点,是来往货物的一个转运码头。这米店的生意自然也就很兴旺。

管家将根鸟介绍给一个叫湾子的人。湾子是那几个背米人的工头。

根鸟很快就走下码头,上了米船,成了一个背米的人。他心里很高兴,因为他可以凭自己的力气在这里挣钱了。这个活对他来说,似乎也不算沉重。他在鬼谷背矿石背出了一个结实的背、一副结实的肩和一双结实的腿。一麻袋米,立在肩上或放在背上,他都能很自在地走过跳板、登上二十几级台阶,然后将它送到米店的仓里。

那几个背米的人,似乎都不太着急。他们在嘴里哼着号子,但步伐都很缓慢。在背完一袋与再背下一袋之间,他们总是一副很闲散的样子:放下米袋之后,与看仓房的人说几句笑话,或是在路过米店柜台前时与米店里的伙计插科打诨,慢慢地走那二十几级台阶,慢慢地走那跳板,上了船,或是往河里撒泡尿,或是看河上的行船、从上游游过来的鸭子,或者干脆坐在台阶或船头上慢慢地抽烟。有时,他们还会一起坐下来,拿了一瓶酒,也不用酒盅,只轮着直接将嘴对着瓶口喝……

根鸟不管他们,他背他的,一趟一趟不停歇地背。

起初,那湾子也不去管根鸟,任由他那样卖力地背去。湾子大概是在心中想:这个小家伙,背不了多久就会用光力气的。但一直背到晚上,根鸟也没有像他们那样松松垮垮的。到了第二天,湾子见根鸟仍然用那样一种速度去背米,就对根鸟说:"喂,你歇一会儿吧。"

根鸟觉得湾子是个好心人,一抹额上的汗珠,随手一摔,朝湾子憨厚地笑着:"我不累。"继续地

花 指 头
HUAZHITOU

背下去。

湾子就小声骂了一句,走到几个正坐在台阶上喝酒的人那儿说:"那家伙是个傻子!"

中午,当根鸟背着一麻袋米走上跳板时,湾子早早地堵在了跳板的一头。他让根鸟一时无法走过跳板而只好扛着一麻袋米干站在跳板上:"让你别急着背,你听到没有?"

根鸟一听湾子的语气不好,抬头一看,只见湾子一脸的不快,心里就很纳闷:为什么要慢一些背呢?

湾子挪开了。

根鸟背着米,走下跳板,走在台阶上,心里怎么也想不明白。在他看来,既然每天拿人家的工钱,就应当很卖力地为人家干活。根鸟已在很多处干过活、干过很多种活,但根鸟是从来不惜力的。他没有听从湾子的话,依然照原来的速度背下去。根鸟就是根鸟。

那几个背米的不再向根鸟说什么,但对根鸟都不再有好脸色。

在根鸟背米时,秋蔓常到大河边上来。她的样子在告诉人：我是来河边看河上的风光的，河上有好风光。有时，她会一直走到水边，蹲在那儿，也不顾水波冲上来打湿她的鞋，用那双嫩如芦笋的手撩水玩耍，要不，就去掐一两支刚开的芦花。

　　根鸟听米店的一个伙计在那儿对另一个伙计说："秋蔓小姐是从来不到米店这儿来的。"

　　根鸟背着米，就会把眼珠转到眼角上来去寻找秋蔓。

　　在这天晚上的饭桌上，秋蔓无意中对父亲说了这样一句话："根鸟背两袋米，他们一人才背一袋米。"

　　站在一旁的老管家插言："照米店这样大小的进出量，实际上，是用不了那么多人背米的。"

　　秋蔓的父亲就将筷子在筷架上搁了一阵。

　　第二天，秋蔓的父亲就走到了河边上，在一棵大树下站了一阵。

　　等湾子他们发现时，秋蔓的父亲已在大树下转过身去了。但他们从秋蔓父亲的背影里感觉到了秋蔓父亲的不满。等秋蔓父亲远去之后，他们看着汗淋淋的却背得很欢的根鸟，目光里便都有了不怀好

## 花指头
HUAZHITOU

意的神色。

根鸟不知自己哪儿得罪了湾子他们——他们何以这种脸色待他？但根鸟并不特别在意他们。他只想着干活、挣钱，也就不与他们搭话。活干得是沉闷一点，但根鸟也无所谓——根鸟在孤旅中有时能有十天半个月不说一句话呢。

又过了两天。这天来了一大船米。根鸟心里盘算了一下：若不背得快一些，今天恐怕是背不完的，得拖到第二天去。因此，这天，他就背得比以往哪一天都更加卖力。

下午，根鸟背着一袋米，转身走上跳板不久，就出事了：跳板的那一头没落实，突然一歪斜。根鸟企图保持平衡，但最终还是失败了，连人带米都栽到了河里。

湾子他们见了，站在岸上冷冷地看，也不去拉根鸟。

根鸟从水中冒出来之后，双手还紧紧地抓住麻袋的袋口。那一麻袋米浸了水，沉得像头死猪，根鸟好不容易才将它拖到岸上。

湾子说："这袋米你是赔不起的。"一边说，一边在那里稳着跳板。

根鸟黯然神伤,嘴中喃喃不止:"跳板的那一头,怎么会突然悬空了呢?跳板的那一头,怎么会突然悬空了呢?"

其中一个背米的一指根鸟的正在河边吃草的马,环顾了一下四周,小声地说:"没有人会发现你走的。"

根鸟摇了摇头,不干活了,也不去管那袋浸了水的米,牵了马,来到杜府门口。他将马拴好,湿漉漉地走进大门。秋蔓正好走过来,惊讶地望着他。他不与秋蔓说是怎么了,径直走向秋蔓的父亲所在的屋子。秋蔓就跟在后头问:"根鸟,你怎么啦?"他不回答。

见了秋蔓的父亲,根鸟将米袋落水的事照实告诉了他,然后说:"这些天的工钱,我一分不要。您现在就说一下,我大概还要干多少天,才能拿工钱抵上?"

秋蔓的父亲什么也没说,只是让佣人们快些拿干净的衣服来,让根鸟换上。

根鸟不换,硬是要秋蔓的父亲给一个说法:他

# 花指头
HUAZHITOU

还要背多少天的米?

秋蔓的父亲走过来,在他潮湿的肩上用力拍了几下:"我自有说法的,你现在必须换衣去!"

根鸟被佣人们拉走了。

秋蔓的母亲搂着秋蔓的肩膀,看着根鸟走出屋子,那目光里有一种来自内心深处的怜悯与喜爱。

傍晚,所有背米的人,都被召到杜府的大门外。秋蔓的父亲冷着脸对他们说:"除了根鸟,你们明天都可以不用再来背米了。"

湾子他们几个惊慌地望着秋蔓的父亲。

秋蔓的父亲说:"你们心里都明白你们为什么被解雇了。"他对老管家说:"把工钱结算一下,不要少了一分钱!"说罢,转身走进大门。

湾子他们大声叫着:"老爷!老爷……"

老管家朝他们叹息了一声。

湾子他们一个个都显出失魂落魄的样子,其中一个竟然蹲在地上像个女人似的哭起来:"丢了这份活,我去哪儿挣钱养家糊口!"

一直站在一旁的根鸟,心里有一种深深的负疚感。天将黑时,他对在冰凉的晚风中木然不动的湾子他们说:"你们先别走开。"说罢,走进大门里。

当月亮升上来时,老管家走了出来,站到了大门口的灯笼下,点着手指,对湾子他们说:"你们几个,得一辈子在心里感谢根鸟这孩子!"

根鸟是怎么向秋蔓的父亲求情的,老管家没有再细说。

## 4

根鸟的钱袋变得丰满起来。他又在想:我该上路了。

根鸟打算先把这个意思告诉秋蔓。这天上午他没有再去背米,来到了秋蔓的房前。女佣告诉他:"小姐到镇子后面的草坡上,给你放马去了。"

根鸟走出镇子,远远地就看到了正在草坡上吃草的白马。他走近时,才看到秋蔓。

太阳暖融融的,秋蔓竟然在草坡上睡着了。

正是菜花盛开的季节,香气浓烈。草木皆在熏风里蓬勃地生长,空气里更是弥漫着让人昏昏欲睡的气息。

## 花 指 头
HUAZHITOU

秋蔓的周围,开放着五颜六色的野花。她显出一副无忧无虑、身心惬意而慵懒的样子:她四肢软绵绵地摊放在草地上,两只手的手背朝上,十指无力地伸出,在绿草的映照下,分外白嫩;她把两只鞋随意地扔在草丛里,阳光下的两只光脚呈倒"八"字分开斜朝着天空,十只脚趾,在阳光的映照下,发着暗暗的橘红色的光亮,仿佛是半透明的;微风将她的头发吹起几缕,落在了她的脸上,左边那只眼睛就常被头发藏住——藏又没有完全藏住,还时隐时现的。

根鸟远远地离她而坐,不敢看她。

马就在近处吃草,很安静,怕打扰了谁。

有时,风大了些,她的眉毛就会微微一皱,但风去了,眉毛又自然舒展开来。有时,也不知梦见什么了,嘴角无声地流出笑容来。有时,嘴还咂吧着,仿佛一个婴儿在梦里梦见了母亲的怀抱,后来知道是一个梦,咂巴了几下,就又恢复成了原先的样子。

几只寻花的蜜蜂,竟然在秋蔓的脸旁鸣叫着,欲落不落地颤翅飞着。秋蔓似醒非醒侧过脸来,并将身子也侧过来,一只胳膊就从天空划过,与另一只胳膊叠合在一起。她的眼睛慢慢睁开——似睁非睁,只是上下两排原是紧紧合成一线的睫毛分开一道细细的缝隙。她终于看见了根鸟,连忙坐起来,用双手捂住脸,半天,才将手拿开。

"马在吃草。"秋蔓说。

根鸟点点头:"它快要吃饱了。"

"你怎么来了?"

"我看马来了。"根鸟说着,站起身来。他没有看秋蔓,只是朝远处的金黄的菜花田看了一会儿,转身走了。

秋蔓看着根鸟消失在通往镇子的路上,就觉得田野很空大,又很迷人。

根鸟没有再提离开米溪的事。他使湾子他们觉得,根鸟可能要在米溪做长工了。

湾子他们还要常常驾船将米运到另外的地方,或从另外的地方将米运回米溪。那粮食似乎老是在流动中的。这天,湾子、根鸟和另外两人,驾了一条大船,从百十里外的地方购了满满一大船米,正行进在回米溪的路上。傍晚时,湾子他们落下了风帆,并将桅杆倒了下来:河道已变得越来越狭窄,

## 花指头
HUAZHITOU

再过一会儿,就要过那水流湍急的葫芦口了。湾子他们一个个都精神起来,既感到紧张,又有一种渴望刺激的兴奋。

大船无帆,但却随着越来越急的水流,越来越快地向前驶去。两岸的树与向日葵,就像中了枪弹一般,不停地往后倒去。船两侧,已满是跳动不停的浪花。

"船马上就要过葫芦口了!"掌舵的湾子叫道。

根鸟往前看,只见河道像口袋一般突然收缩成一个狭小的口,本来在宽阔的河床上缓慢流淌的河水,就一下汹涌起来,发狂似的要争着从那个口冲出去。根鸟的心不由得就如同这浪花一般慌慌地跳动起来。

船头上,一侧站了一人,一人拿了一根竹篙,随时准备在船失去平衡而一头冲向河道两侧的石头时,好用它抵住石头,不让船碰撞上。

转眼间,大船就逼进了葫芦口。

大船在浪涛里晃动起来,两侧的水从岸边的石头上撞回来,不时将水花打到船上。湾子两眼圆瞪,不敢眨一眨,两只手紧紧握住舵杆。不知是因为船在颤抖,还是他人在颤抖,他两片嘴唇颤抖不止。

握竹篙的两位,那竹篙也在手中颤抖。

没有根鸟的任务。他只是心惊肉跳地坐在船棚顶上看着。

距离葫芦口八九十米时,浪涛的凶猛与水流毫无规则的旋转,使湾子一下子失去了掌舵的能力,那船一头朝左岸撞去。左边的那个掌篙人一见,立即伸出篙子,猛劲抵住。船头被拦了回头,但因用力过猛,那竹篙被卡在了石缝里一时无法拔回,掌篙人眼见着自己就要栽到水里,只好将竹篙放弃了。此时,大船就像断了一只胳膊,右边的那个掌篙人立即惊慌起来,左右观看,竹篙一会向左,一会向右。而此刻的舵,在过急的水流中基本上失灵了。湾子一边还死死地握着舵杆,一边朝掌篙人大声叫着:"左手!""右手!"

就在大船即将要通过葫芦口,那唯一的一根竹篙在用力抵着岸边石头而终于弯得像把弓时,咔嚓一声折断了。

全船人立即大惊失色。

根鸟一时呆了。

## 花指头
HUAZHITOU

船完全失去了控制,在波浪里横冲直撞。

当葫芦口的黑影压过来时,全船的人都看到了一个可怕的景象:大船在无比强大的水力推动下,正朝一块有着锋利斜面的石头冲去。

湾子双腿一软,瘫坐了下去,舵杆也从他手中滑脱了。

两个掌篙人跳进了船舱里,只等着那猛然一震。

就在一刹那间,他们的眼前都忽地闪过船被撞裂、水哗哗涌进、大船在转眼间便沉没的惨相。

根鸟却在此时敏捷地跳起。他以出人意料的速度,抱起一床正放在船棚上晾晒的棉被,跳到船舱的米袋上,几个箭步,人已到了船头。就在船头与利石之间仅剩下一尺的间隙时,他已将棉被团成一团,塞到了这个间隙里,船在软悠悠的一震之后,被撞了回来,随即,穿过狭小的葫芦口,顺流直下。

湾子却发疯般地喊了起来:"根鸟——!"

其他两个人,也跳到了船头上,望着滚滚的流水,大声喊着:"根鸟——!"

根鸟被弹起后,离开了船头,在石头上撞了一下,掉进水中去了。

只有翻滚的浪花,全然不见根鸟的踪影。

大船在变得重又开阔的水面上停住之后,湾子他们都向回眺望,他们除了看到葫芦口中的急流和葫芦口那边跳跃着的浪花之外,就只看到那床挽救了木船使其免于一毁的棉被,正在向这边漂来。

他们将船靠到岸边。湾子派一个人立即回米溪去杜府报告,他和另一个人沿着河边往葫芦口寻找过去。

湾子他们二人喊哑了喉咙,也不见根鸟的回应。两人又跳入水中,不顾一切地搜寻了一通。

这时,天已黑了下来。

米溪的人来了,浩浩荡荡来了许多。他们在秋蔓父亲的指挥下,四下搜寻,直搜寻到深夜,终未有个结果。知道事情的结局八成是凶多吉少,大家只好先回米溪。剩下的事,似乎也就是如何将根鸟的尸体寻找到。

杜府的人,上上下下,彻夜未眠。

秋蔓没有被获准到葫芦口来。米溪的人走后,她就一直呆呆地站在大门口。佣人们说天凉,劝她回屋,她死活不肯。深夜,见父亲一行人毫无表情地回来,她一句话没问,掉头进了大门,回到自己的房间里,将门关上,伏在床上,口中咬住被子的一角,呜呜哭泣起来。

秋蔓的母亲一直坐在椅子上,叹息一阵,流泪一阵。

秋蔓的父亲说:"应该通知他的家人才是。"

秋蔓的母亲说:"他对秋蔓讲过,他已没有一个亲人了。再说,谁又能知道他的家究竟在哪儿。"

白马在院子里嘶鸣起来,声音在夜间显得十分悲凉。

第二天的寻找,也是毫无结果。

下午,杜家的一个男佣突然发现白马也不知什么时候失踪了。

黄昏时,当整个米溪全在谈论根鸟救船落水、失踪,无不为之动容时,一个在街上玩耍的孩子,突然叫了起来:"那不是根鸟吗?"

街的东口,根鸟的白马摇着尾巴在晚霞中出现了。马背上,坐着根鸟。

白马走过街道时,人们都站到了街边上,望这个命运奇特的少年。

根鸟一脸苍白,充满倦意地朝善良的人们微笑着。

杜府的人早已拥了出来。

秋蔓看见白马走来时,发疯似的跑过来。后来,她一边随着马往门口走,一边仰脸朝马背上的根鸟望着,泪水盈眶。

佣人们将他从马上接下,然后扶着他朝门内走去。

秋蔓的父母走过来。秋蔓的父亲用力握了一下根鸟的手,那一握之中,传达了难以言表的心情。秋蔓的母亲则用手捂住自己的嘴,不让自己哭出声来,慈祥的目光,则一直看着根鸟。

根鸟落水后,被激流迅速地卷走,当湾子他们回首朝葫芦口眺望时,他大概还在水下,而当他们往回走时,他已在与他们相反的方向浮出了水面。当时天色已晚,水面上的景物已什么也不见。后来,他被水冲到了一片芦苇滩上。他苏醒过来时,已是深夜。他吃力地朝岸上爬着。等用尽力气,爬到河岸边一个大草垛底下时,也不知是过于疲倦还是昏迷,他在干草上竟又昏沉沉地睡去。再一次醒来时,已差不多是第二天太阳快落的时候。他一时都弄不清楚自己到底是在哪儿,更加纳闷的是,那白马何以侧卧在他的身旁?他挣扎着上了马,任由马将他驮去。

根鸟在佣人们的帮助下,换上干衣,被扶到床上。一时间,他的房门口,就进进出出的全是人,有喂姜汤的女佣,有刚刚被请来的医生……忙了好一阵,见根鸟的脸色渐渐转红时,人才渐渐走净。

根鸟后来睡着了。蒙眬中,他觉得被擦伤的胳膊不再灼痛,同时,他还感到有一股细风吹在伤口上,睁开眼来,借着烛光,他看到秋蔓跪在他的床边,圆着嘴唇,正小心翼翼地往他的伤口上轻轻地吹着气。他又将眼睛悄悄地闭上了。

夜里,秋蔓的父亲和母亲一直难以入睡,而在枕上谈论着一个共同的话题——关于根鸟的话题。

秋蔓的父亲原是一个流浪汉,不知从什么地方流浪到了米溪之后,便在这里扎了根,从此开始在这里建家立业。几十年过去了,他有了让这一带人羡慕的家业。如此身世,使他本能地喜欢上了根鸟。他觉得只有根鸟这样的人才会有出息。而事实证明,确实如此。秋蔓的母亲则在心中不免有点凄清地想着:杜家没有儿子,而根鸟又是一个多么让人喜欢的孩子,若能留住他,该有多好!

秋蔓的父亲终于说道:"我想将这孩子留下来!"

秋蔓的母亲微微叹息一声:"就不知道我们有没有这个福气。"

## 5

根鸟休息了差不多半个月,身体不但恢复到原来的状况,还长胖了些。在这期间,杜家对他的照顾是无微不至的。已流浪了许多时光的根鸟,一日一日地沉浸在一派从未有过的温暖与家的感觉里——因为杜家人多,且又很富有,那种家的感觉甚至比当年与父亲两人一起守望岁月时还要来得深刻。有时,他不免有点羞于接受这种温暖。

根鸟在这段时间里,大部分时光是在房间里度过的。一是因为自己的身体特别虚弱,二是因为那房间也实在让他感到舒适。每天早晨,佣人们都早早守候在门外,房里一有起床的动静,便会立即端来洗漱的东西。等他洗漱完毕,一顿非常讲究的早餐便会端进来。已是窗明几净,女佣们还要不时用柔软的白布去擦拭它们。眼下已是暮春,阳光热烘

## 花指头
## HUAZHITOU

烘地照进房里,加之院内的花香从窗口浓浓地飘入,根鸟变得贪睡了。他常常是被秋蔓叫醒的,醒来后,不太好意思,但依然懒洋洋地躺在床上不肯起来。

有时,根鸟也走出大宅到街上或镇外的田野里走一走。米溪的风情,只能使他变得更加松弛与慵懒。水车在慢悠悠地转着,水牛在草坡上安闲地吃草,几个小女孩在田野上不慌不忙地挖野菜……天上的云彩路过米溪的上空时,都似乎变得懒散起来,飘得非常缓慢。

到处是喝酒的人。米溪的人似乎天性平和,即使喝醉了酒,也还是一副平和的样子。他们只是东倒西歪地走着,或者干脆不声不响地倒在街边或草垛底下睡觉。几乎家家都有喝醉了的人。

米溪是一个让人遗忘、让人融化的地方。

根鸟整天一副睡眼蒙眬的样子。他也很喜欢这副样子。什么也不用去想,只将一直绷紧着的躯体放松开来,让一种使身心都感到疲软的气息笼罩着他。

秋蔓的父亲对秋蔓的母亲说:"得让根鸟精神起来才是。"

这天来了理发的,给根鸟理了发。又来了裁缝,给他量了衣服。隔两天,几套新衣做好了,由秋蔓的母亲亲眼看着他穿上。

"你去照照镜子。"秋蔓的母亲笑着说。她看到,根鸟原是一个长得十分英俊的小伙子。

佣人们连忙抬来穿衣镜。

根鸟不好意思去照镜子,脸红红的,像个女孩儿。

秋蔓的母亲笑道:"他要一个人照呢。"

众人就都退出了屋子。

起初,根鸟坐在椅子上不动。但过了一会儿,他就走到了镜子跟前。镜子里的形象吓了他一跳:这就是我吗?根鸟长这么大,几乎就没有照过镜子。他对自己的形象的记忆,无非是他坐在河边钓鱼时所看到的水面上的影子。他为自己长得如此帅气,都有点害羞了。那样浓黑的眉,那样有神的双目,那样好看的嘴巴……这一切,又因为一身合体而贵重的衣服,变得更加光彩迷人。根鸟仿佛第一次认识了自己似的,内心充满了激动。他久久地在镜子面前站着,仔细打量着自己。

窗口,在偷看的秋蔓吃吃地笑起来。

根鸟一掉头,见到了秋蔓,不由得满脸通红。

花 指 头
HUAZHITOU

从此,根鸟还真的精神了起来。

根鸟走在杜家大院里或走在米溪的街上,凡是看到他的人,双眼都为之一亮,不由得停住一切动作,朝他凝望。

一开始,根鸟还觉得有点害羞,但过了几天也就不觉得什么了。他大大方方地走着,脑袋微微昂起,颇有点神气。

一日三餐,根鸟已和秋蔓、秋蔓的父母一起用餐。一开始根鸟不肯,无奈秋蔓用那样一双使他无法拒绝的目光看着他,使他只好坐到那张宽大的檀木饭桌前。几天下来,根鸟也就自然起来,与秋蔓他们三口,俨然成为一家人了。

杜府上上下下的人甚至包括米店的雇工,都看出了秋蔓父母的意思,也看出了秋蔓的心思,他们都用善意的、祝福的目光看着根鸟。

根鸟也不再提起离开米溪的事了。

杜家还有一处田产在五十里外的邹庄。这天,秋蔓的父亲将根鸟叫来,对他说:"我和你伯母要去邹庄一趟,那边有些事情要处理一下。在我们外出期间,家中、米店、磨坊等方面的事情,你就管一下吧。许多事情,你是需要慢慢学会的。"

在秋蔓的父母外出期间,根鸟心中注满了主人的感觉。他早早起床,将衣服仔细地穿好,吃了早饭,就去河边,看米店、看湾子他们背米。

湾子见了根鸟,笑着说:"小老板来了。"

根鸟也笑笑,微微有点羞涩。他看了看船上的米,询问了一些情况,又去看那两座磨坊。

湾子就冲着根鸟的背影:"等你当了大老板时,别忘了还让我们来背米。"

根鸟笑笑,但没有回头。

整整一上午,根鸟就在外面转,直到佣人们将中午的饭菜都准备好了,才走回杜家大院。这时,立即有人走上来给他拿脱下的衣服,并端上洗脸的热水来。吃完中午饭,喝一杯佣人泡好的茶,他又再次走出大院,直到晚饭准备好了才回来。这样的一天下来之后,根鸟仍然还是很精神。

秋蔓的父母亲回来之后,发现所有一切都如他们在家时一般井井有条,又听了根鸟的对各方面情况的细说,觉得这孩子很能干,心中也就越发喜欢。

秋蔓的父母回来之后,根鸟没有那么多事情可

花 指 头
HUAZHITOU

干,就有更多的时间与秋蔓在一起了。秋蔓非常喜欢与根鸟在一起。杜府的佣人们见他们双双出入于杜府,总是微笑着。有一个略比秋蔓大一些的女佣,平素与秋蔓亲如姐妹。这天她在秋蔓的房间里收拾,回头一看秋蔓正在梳妆,就生了一个念头,一撩窗帘,叫道:"秋蔓,根鸟来了。"秋蔓一听,就向门外跑。知道是那个女佣骗了她后,她转身回到屋里,与那个女佣笑着打成了一团。

这天下午,根鸟说要去放马,秋蔓说她也要去。根鸟不说什么,由她跟着。

秋蔓的母亲见了要喊秋蔓回来,却被秋蔓的父亲悄悄地制止了。

老夫妻俩就在院子里的石榴树下站着,看着这一对小儿女亲昵地走出大门,心中自有说不出的高兴。

根鸟把马牵到很远的田野上。他让马自己吃草去,然后就和秋蔓一起在田野上玩耍。

已是初夏,田野上到处是浓浓的绿。田埂旁、河坡上,各种野花都在盛夏的骄阳到来之前,尽情地开放着。水边的芦苇,那叶子由薄薄的、淡黄的,而转成厚厚的、深绿的。苦楝树也已长出茂密的叶子,并已开出淡蓝的小花。水田里的稻秧,已开始变得健壮,将本是白白的水映成墨绿色。不远处的树林,已不见稀疏,被绿叶长满了空隙。

根鸟和秋蔓无忧无虑地玩耍着。他们对一切都充满了兴趣:水田边一只绿色青蛙的一跳、池塘里的一团被鱼激起的水花、草丛中一只野兔的狂奔,甚至是小河里一条小青蛇游过时的弯曲形象以及它所留下的水纹,也都能将他们的目光吸引住。他们在这丰富多彩的田野上惊讶着、欢笑着,直到水面上起了一个个水泡泡,才知道天下起雨来了。

"天下雨啦!"秋蔓叫着,朝朦朦胧胧的小镇看了一眼,显出慌张的样子。

根鸟连忙牵了马,领着秋蔓往镇里跑。

没跑多远,雨忽地下大了,粗而密的雨线,有力地倾泻下来,天地间除了一片噼噼啪啪的雨声,就是濛濛的雨烟。一切景物,都在雨烟中模糊或消失了。当风迎面吹来时,雨被刮起,打在脸上火辣辣地痛。

这雨对根鸟来说,是无所谓的,但对一直受着父母百般呵护而很娇气的秋蔓来说,却厉害得要让她哭起来了。

## 花 指 头
HUAZHITOU

根鸟连忙脱下上衣,让秋蔓顶在头上。

秋蔓双手捏着根鸟的衣服。那衣服被风吹起来,在秋蔓耳边呼啦呼啦地响着,更让秋蔓感到天地间简直要山崩地裂了。但当她看到根鸟赤身走在大雨中,没有丝毫畏惧时,根鸟的衣服下面藏着的那张脸,不由得一阵发热,心里忽然变得不害怕了。

根鸟牵着马,挡在秋蔓的前面。

秋蔓的面前,是根鸟的结实的脊梁。根鸟的脊梁似乎是油光光的,大雨落在上面停不住,立即滚落下来。

跑了一阵,秋蔓不但不害怕,反而觉得在雨地里跑是件让人兴奋的事。她突然大叫了一声,竟然从根鸟的身后跑开去,撒腿在田野上胡乱地疯跑着。

根鸟站在那儿不动,看着她。

马也不惊慌,见有嫩草,也不去管根鸟和秋蔓他们,竟然在雨中安闲地吃起草来。

秋蔓一边跑,一边在雨地里咯咯咯地笑着。

根鸟抹了一把脸上的雨水,朝秋蔓跑去。

秋蔓见根鸟朝她跑过来了,就转过身面对着他,退着走去。见根鸟追上来了,又转过身去,挥舞着根鸟的衣服,一口气冲上了一个高高的土坡。站在土坡上,她朝根鸟挥舞着衣服:"上来呀!上来呀!"

根鸟不像秋蔓那么疯,而是很缓慢地爬着坡。

秋蔓仰面朝天,闭着双眼,让雨水洗刷着她娇嫩、妩媚的面孔,根鸟已经站在她身边了,她都未感觉到。

根鸟没有惊动她,就那样赤身站在雨中。

秋蔓终于感觉到根鸟就站在她身边,这才低下头来说道:"那边是我家的一部水车,有一间小屋子,我们到那边躲躲雨吧。"

根鸟点点头。

他们在朝小屋走时,走得很慢,仿佛走在雨地里,是一件千载难逢的愉快的事情。

根鸟有时在雨中悄悄瞥一眼秋蔓,只见她薄薄的一身衣服,这时都紧紧地贴在身上,使她本来就显得细长的身子显得更加细长了。

他们来到那间小屋的屋檐下。当时,雨一点也没有变小,风还变大了。他们紧紧地挨着墙站着,不让檐口流下的雨水打着自己。

"你冷吗?"秋蔓低着头问,并将衣服还给根鸟。

# 花指头
HUAZHITOU

根鸟接过衣服,就抓在手中:"你冷吗?"

秋蔓摇摇头,但身体微微缩起来,并下意识地往根鸟身边靠了靠。

从屋檐口流下的雨水为他们织成一道半透明的雨幕,绿色的田野在雨幕外变得一片朦胧。

有风从秋蔓的一侧吹来,直将雨丝吹弯,纷纷打在秋蔓的身上,她躲闪着,直靠到根鸟的身边。

根鸟的胳膊似乎已经接触到了秋蔓冰凉的胳膊。他慢慢地抻直了身子,胳膊慢慢离开了秋蔓的胳膊。他不敢侧过脸来看秋蔓。他将目光穿过雨幕,去看他的马。

雨下个不停。

他们就那样挨在一起站在屋檐下,谁也不说话。

远远地听到了佣人们的呼唤声。

根鸟要从屋檐下跑出来回答他们,秋蔓扬起脸来看着根鸟,然后羞涩地摇了摇头。

根鸟微微扬着脑袋,闭着双眼。耳边是秋蔓的纯净的呼吸声。

也就是这天夜里,当秋蔓把她的胳膊优美地垂挂在床边,从嘴角流露出甜蜜的微笑时,已久违了的大峡谷,却再一次出现在了已差不多快要忘记一切的根鸟的梦里——与米溪一派暖融融的景象形成鲜明的对照,此刻,大峡谷银装素裹,毛茸茸的大雪在峡谷中如成千上万只蝴蝶一般在飞舞,几只白鹰偶尔盘旋在峡谷中,若不仔细分辨,都很难看出它们来。显然有风,因为地上的积雪不时被吹起,雪粉如烟,能把一切遮蔽。

那株高大的银杏树,已成了一棵庄严肃穆而又寒气森然的玉树。

银杏树的背后,有了一个小棚子。它是由树枝、树叶和草搭就的。那显然是由一双女孩儿的手做成的,因为它显得很秀气,也很好看。它被一层晶莹的白雪覆盖着,使根鸟一时觉得那是天堂里的景色。

根鸟终于看到了紫烟,但只是一个背影。她的衣服似乎早已破损,现在用来遮挡身体的是用一种细草编织的"衣服"。那细草如线,是金棕色的。紫烟显然是一个心灵手巧的女孩儿。她将"衣服"编织得十分合体,且又十分别致。

她在不停地扒开积雪,两只手已冻得鲜红,如煮熟的虾子。当她将一枚鲜红的果子放入嘴中时,

## 花指头
HUAZHITOU

根鸟终于明白了：她在艰难地觅食。

她的头发已长过臀部。因此，当她弯腰扒雪时，那头发就垂挂着，在雪地上荡来荡去，将积雪荡出花纹来。本来是乌黑的头发，现在却已变成深金色了。

她扒着雪，不住地寻觅着食物：果子或可吃的植物的根茎。虽然艰难一点，但总还是能寻找到的。

根鸟盼望了很久很久，才终于见到她的正面。那时，她大概是感到腰累了，或者是觉得自己无须再寻找食物了，便直起腰来，向已朝她远远离去的小棚子眺望着。依然还是一副柔弱的面孔，但那双清澈的眼睛中却有了一些坚毅的火花，忧郁的嘴角同时流露出一种刚强，而这一切，似乎是在失望中渐渐生长起来的。白雪的银光映照着这张红扑扑的脸，使那张脸仿佛变成了一轮太阳。

她似乎一下子看见了根鸟，目光里含着责备：你怎么还不来这个峡谷？

根鸟窘极了，内心一下注满了羞愧。

她朝根鸟凄然一笑。那笑是在嘴的四周漾开的：仿佛平静的水面，被投进去一粒小小的石子，水波便一下子如花一般悄然开放了。

他们久久地对望着。渐渐地,她的目光里已无一丝责备,也没有了坚毅,而一如从前,只剩下了忧伤与让人爱怜的神情。

大雪一时停住了。天地间,只有静穆。

站在雪地上的紫烟,显得万分圣洁。

紫烟是美的,凄美。

## 6

根鸟变得心事重重的,谁也无法使他高兴起来。大峡谷后来没有再在他梦里出现,但却在他的想象里一而再、再而三地出现。他的心不得安宁。米溪的一切都是让人舒适的,但根鸟在接受这一切时,已显得麻木了。他不管杜家人怎么劝说,硬是脱了那些漂亮的衣服,又去船上背米。他比以往更加卖力。他只想自己能够累得什么也不再去想它。然而没有用,一个一直纠缠着的心思在复活以后,更加有力地纠缠着他。

秋蔓总是千方百计地去逗引他。她只想让他高兴。知道自己无法做到之后,她将根鸟要去大峡谷

## 花指头
HUAZHITOU

的事情告诉了父母。父母听罢,倒也没有笑话根鸟,只是叹息:"这孩子,脑子里总有一些怪念头。"

夏天过去了,秋天到来了。米溪的秋天,凉爽宜人,四周的庄稼地一片金黄,等待着农人的收割。所有的人,脸上都喜滋滋的。米溪的酒馆,生意更加红火。一切都表明,杜家也遇上了一个好年景,上上下下的人,乐在心里,喜在眉梢。

但根鸟却在街头飘零的梧桐树叶里,在显然减少了热度的秋日里,在晚间墙根下的秋虫的鸣唱里,感觉到了秋天的萧瑟与悲凉。

他又做了一个梦——梦见的不是紫烟,而是父亲。自从父亲去世之后,他就从未在根鸟的梦中出现过——

父亲站在荒凉的野地上,大风吹得他摇晃不定。他的脸上满是不悦。他望着根鸟:"你还滞留在这里?"

根鸟无言以答。

"你这孩子,心最容易迷乱!"

根鸟想争辩,但就是说不出话来。

父亲愤怒了,一步走上来,扬起巴掌,重重地打在他的嘴巴上:"你昏了头了!"

根鸟只觉得两眼发黑,向后倒去,最后扑通跌倒在地。

根鸟知道这是个梦,但在大汗淋漓中醒来时,却发现自己真的躺在地上。他摸了摸地,又摸了摸墙,再摸了摸床边,证实了自己确实是躺在地上后,心里感到纳闷而恐慌,不由得又出了一身冷汗,头脑忽然变得无比清晰。

窗外,月亮正在西去。秋虫在树根下,银铃一样鸣唱。

根鸟从地上爬起来,点亮了蜡烛,打开了自从进入杜家以后就再也没打开过的行囊,找到了那根布条。那布条已显得很旧了,那上面的字也有点模糊了,但在根鸟看来,却一个字一个字都很触目惊心,耳边犹如听见了强烈的呼唤声。

根鸟再无睡意。他爬上床,抓着这根布条,倚在床头上,直到天亮。他没有在往常的时间打开门来,而是将门继续关住。他开始一样一样地收拾东西,将自己该带走的东西一样一样地归拢在一处,而将自己不该带走的东西又一样一样归拢在另一处。当一切都已收拾明白了,他才穿着那天夜里走进米

## 花 指 头
HUAZHITOU

溪时穿的那身衣服,打开门走出来。

根鸟问女佣:"见到秋蔓了吗?"

女佣告诉他:"秋蔓一早上就守在你的房门口,见你迟迟不起来,才拿着你给她的风筝,到后边田野上去了。"

根鸟点了点头,就走出镇子,朝田野上走去。

秋蔓看见了根鸟,就抓着风筝线朝根鸟跑过来,那风筝就越飞越高。

根鸟与秋蔓放了一回风筝,终于说道:"我要走了。"

秋蔓的手一软,风筝线从手中滑脱,随即风筝飘飘忽忽地向大河上飞去,最后落到了水中。

秋蔓掉头往家走去。

根鸟就跟在她身后。

秋蔓站住了,根鸟看到了她的肩头在颤动着。她突然跑起来,但没跑几步,又泪水涟涟地掉过头来,大声说:"你怎么这样傻呀?你怎么这样傻呀……"再掉过头去后,头也不回地直跑进镇里。

秋蔓跑回家,见了母亲,就伏在她肩上,一个劲地呜咽、抽泣。

母亲不知道如何安慰她,只是用手拍打着她的后背。

父亲坐在椅子上说:"那孩子不是我们能留得住的,让他去吧。"随即吩咐管家,让他给根鸟带上足够多的钱和旅途上所需的东西。

第二天一早,整个杜家大院还未有人醒来时,根鸟就轻手轻脚地起床了。他在秋蔓房前的窗口下停了停。他以为秋蔓还在睡梦中,而实际上秋蔓似乎知道他要一早走,早已撩开窗帘的一角,看着外边的动静。当她看见根鸟走过来时,才将窗帘放下。而当她过了一阵,再掀起窗帘时,窗下已空无一人。她便只能将泪眼靠在窗子上,毫无希望地朝还在朦胧里的大院看着。

根鸟骑着马离开了恬静的米溪。除了带上他应得的工钱与他的行囊外,他将杜府的一切馈赠一样一样地留了下来。

马蹄声走过米溪早晨的街道,声音是清脆而幽远的。

选自长篇小说《根鸟》

# 枫叶船

曹文轩美文朗读·珍藏版
CAOWENXUAN MEIWEN LANGDU ZHENCANGBAN

船儿远航了，远航了，
啊，竖一面漂亮的帆，
那边有森林和草地，
还有小溪在欢淌，
燕雀和松鼠一起在枝头跳舞，
每一片叶子都会弹唱，
啊，童话一样的对岸！
驮着我的梦，
装着我的歌，
船儿呀，你飞驰吧，飞驰吧！
噢，风，噢，河水，
你静静点，静静点，好吗？
千万别把我的小宝宝碰翻！
啊，小红帆，小红帆，
我心中的小红帆！

——《枫叶船》

## 花指头
### HUAZHITOU

枫叶船

敬爱的方老师：

您想不出这是谁在给您写信吧？那请您读一读这首叫《枫叶船》的小诗，好吗？

船儿远航了，远航了，
啊，竖一面漂亮的帆！
那边有森林和草地，
还有小溪在欢淌，
燕雀和松鼠一起在枝头跳舞，
每一片叶子都会弹唱，
啊，童话一样的对岸！
驮着我的梦，
装着我的歌，
船儿呀，你飞驰吧，飞驰吧！
噢，风，噢，河水，
你静静点，静静点，好吗？
千万别把我的小宝宝碰翻！
啊，小红帆，小红帆，
我心中的小红帆！

枫叶船

　　您现在一定能想起二十五年前一个叫石磊的孩子了吧？是的，您的学生石磊在给您写信。自从那件不愉快的事情发生以后，方老师，我多少次想伏在您膝上痛哭，然后大声地喊道："那诗是我的，是我的！"然而我深深地知道，执著的您是不会相信一个十四岁孩子的申辩的。后来我们分手了，一别二十年。对于那件事，当时仅有十四岁的我，当然说不清什么道理，只觉得自己委屈、伤心、可怜，也从心里恨您：您怎么这样呀？老师！随着年龄的增长，人世间的事情知道多了，我慢慢理解了人，理解了这个世界上所发生的千奇百怪的事。当我终于明白了您的行动是被一种什么心理支配时，我想一甩脑袋忘掉这一切，然而不行，它固执地沉淀在我的心底——它留给我的伤痛毕竟太深了！

　　敬爱的方老师，让我们来一起回首往事，剖析一下当时的您与我的心理，好吗？为了精神上的解脱，为了心灵中压抑着的情感彻底释放（一吐为快！），也为了您面前站着的这个向您双手递上（我叮嘱他必须这样）这封信的七岁孩子（他是我的儿子，到您的学校上学了），不至于再使我担忧……

## 花指头
## HUAZHITOU

您知道,我是一个不知父亲是谁的孩子。自尊的母亲受不了那蔑视和耻笑的目光,在我出生后不久,便将我交付给舅父,然后独自一人带着那颗受骗而又羞耻、破碎的心,到千里之外的漠漠荒原上去了。我在舅父家一天天地长大了。寄人篱下的生活中,我没有温暖,没有孩子才有的甜蜜的梦,得到的只是冷眼、叱责、怒骂和层出不穷的尖刻嘲讽。舅舅是个十足的书呆子,他疼我、怜悯我,但却无论如何也无力抵御刁钻的舅母对我的侮辱和损害。周围的孩子也常常欺负我,甚至把我紧逼到墙角里,用拳头和木棒命令我叫他们每人一声"爸爸"。就在这样艰难的环境里,我变成一个特别善于幻想而又孤独的孩子。常常地,我独自一人坐在河边上,小路旁,望着眼前的一朵野花,一只羔羊,一片落叶,或天空中的一丝游云,陷入无边无际的痴迷的幻想。幻想伴随着我,鼓舞着我。我在幻想中找到了抚慰,找到了快乐。我很少玩耍,除了幻想,就潜心看书,像只饥饿的书虫。没到五年级,我已把舅父书架上包括菜谱和服装剪裁在内的书至少看了三遍,许多诗和小说,我能倒背如流。不知从何日开始,我心里悄悄萌动了一个胆大妄为的念头：我要当诗人！诗人的桂冠，撩拨、吸引着我，都弄得我有点神魂颠倒，到处乱涂、乱刻，墙上，树上，本子上和书上。手掌写完了，我就写在手背和胳脖上。可惜，这些孩提时代的诗现在都失落了。我始终觉得那些天真纯洁的诗很美，像清晨绿叶上的露珠，像林间深处的牧笛。

终于有一天，我因为这种行为遭到了舅母的谩骂。"谁让你在门上乱写的?!"她手里抓着一块肮脏的抹布，用凶狠的眼睛看着我。我低下头，我害怕这张布满雀斑的脸上深嵌着的这对眼睛，也厌恶这对眼睛。我怎么也不明白，她为什么那样歇斯底里地恨我。一阵沉默以后，她先是把那块抹布狠狠地打在我的脸上，接着就挑最刻薄的字眼尽情地骂开了。这还不能解其心头之恨，她就随手抓到什么便往我身上砸、打、抽、劈。我先是站着纹丝不动，后来终于急了，把头猛一昂，双眼怒瞪着她。我想，我眼睛深处一定掩藏着什么可怕的东西。因为，她哆嗦了一下，退了出去……

我没有掉泪，慢慢地一直走到这座城市南面的

# 花指头
## HUAZHITOU

河边去。这是我最喜欢的地方，无论在我忧伤的时候，还是在我欢乐的时候。童年时代，我有许多时间，是在它身边度过的。至今，它还仍在我的记忆里淙淙流淌。

我静静地坐在河边上，它十分宽阔，以至于望不清对岸，只是朦朦胧胧的一片。正是因为朦胧，它就更富有神奇的魅力。听人说对岸很美，是一片绿色的原野。我常常把对岸勾画成一个灿烂辉煌而新鲜欲滴的童话世界。它是我向往而且一定要到达的地方。我简直把它当做我生命和人生的终点。然而，我只能远远地眺望那个用理想的经纬编织的对岸王国。它在悠悠的白云下，在濛濛的水汽里。那天我就一直坐在河边上。我用刀子把一个树根刻成一艘小小的木船，并用枝条竖了一根桅杆。在选择船帆的时候，不知为什么，我毫不犹豫地选择了一片火红的枫叶。是因为它鲜艳明快？还是我这样一个内心寒冷的孩子正需要温暖而热烈的色彩？

船儿下水了，渐渐离开岸边，朝遥远的彼岸驶去。当时天空一派湛蓝，像一块拱起的硕大无比的蓝宝石，河水绿得翡翠一般，叫人恨不能扑进它的

## 枫叶船

怀里,又叫人舍不得用手指去碰一碰。我的船儿驶远了,这时,船身被微波遮掩了,阳光下,碧水上,只剩了一面竖着的红帆!它那样鲜亮,那样生动,像一团跳动的火苗。啊,美极了!谁说十四岁的孩子不能感受到美呢?方老师,那时我的心都抖了,我听见了自己的不平静的心声啦!

就是在这一瞬间,我用一个孩子的纯净得如同天使一般的心灵感受到一个富有诗意的形象。一首小诗从我那尚未成熟的胸间涌出来了,像一股甜美而清冽的泉水。我用树枝写在潮湿的金色沙滩上。它的名字叫《枫叶船》。

在这首诗、这面帆前,我托着下巴,一直坐到黄昏,坐到那面红帆溶进那弥漫的红色晚霞里……

翌日。当晨曦照上窗棂,我已把这首诗端端正正地抄写在一张洁白如雪的纸上。然后,我带着孩子的好奇、自信和狂妄的勇敢,把它装进信封,塞进那个深绿色的富有庄严感的信筒里……

只相隔半个月,报纸居然将它发表了。

方老师呀,您可曾知道我在获悉这一消息时的快活样儿吗?我想打滚,想把头往树上撞,想哭。

## 花指头
## HUAZHITOU

我没有父亲，母亲远在天涯，我只一个人，一只在广阔的天空下飞翔的孤单的雏燕，一只在旷野上踽踽独行的小马。就我这样一个孩子，竟也能写出诗来，您想想，能叫我不激动和兴奋吗！我为自己如此大胆的尝试轻而易举地获得了成功而自信和骄傲。我第一次觉得，我不再孤单了，不再可怜了，长高了，强大了，人们不能再鄙视我，也不敢再鄙视我——我能写诗！

我把头昂得高高的，把小胸脯挺得直直的，得意洋洋地从人们面前经过。我感觉到人们都在用惊奇而钦佩的目光看我。那时，我当然还不会使用"刮目相看"这个成语。当我走进校门，我看到同学们都在静静地望着我，好像要重新认识一下我这个弃儿！我的方老师呀，我觉得自己不再比他们这些幸运的孩子矮小了！

我要做个诗人，我自信能够！让人们说我没有父亲吧！舅母露骨的谩骂又算得了什么！我觉得自己就是那条小船，它有一面飞翅般的红帆，船儿定能够达到自己所企求、向往的彼岸。我的心被这种亢奋的情绪烘炙着，弄得自己一连好几天都无法安静下来，老是不停地蹦跳，哼着歌儿。

然而，方老师，我很快发现，我没有听到您一句夸奖和激励的话，不，我还发现了您的眼睛，一双充满怀疑和沉重感的眼睛！

起初，我以为是自己过于狂傲了而使您感到焦虑和不快。您对孩子总是严格的，特别是在他有了成绩的时候。我很快命令自己冷静下来。可是不行，您依旧远远地站着用那种目光审度着我。有时当我挨近您时，这对目光更叫我感到严厉可怕了。

终于有一天，您说："石磊，去办公室一下。"我去了。您半天没有说话，只是看着我，直看得我不敢抬头。然后，您用严肃、冷峻的口气说出了几天以来的第一句话："那首诗，是你自己写的吗？"我好像明白了一点点您的眼睛里为什么发出那样的目光。"是的，是我写的。"我说，脸上感到发臊。"真的？"您问，两片眼镜片熠熠发光。"真的！"我声音很大，惊得其他老师都掉过头来看我。您又久久地看着我，然后，似乎放心了些，舒展地吐出一口气来，向我点点头："这就好。去吧。"

晚上，我依旧在自己的房间里胡画乱写，可是

## 花指头
### HUAZHITOU

心里总是烦躁,想到门外走走。经过过道时,忽然听到屋里舅母不知在对谁说话:"他也能写诗,你能信吗?看那个笨样儿,连话都说不周全呢!我敢说,天下孩子都写得出诗来,也轮不上他。咱不护短!实话说了吧,他舅舅书架上反正有的是书,他老翻来翻去的,像寻找什么……"我真想冲进屋里去往她那长着恶嘴的脸上啐一口!可是我觉得现在犯不着跟这样的人吵架去。我从心底里看不起她!没过一会,我看见您从屋里出来了。舅母还郑重其事地叮咛了几句:"方老师,他妈不在,我就是他妈。我说,你得帮我好好管教这孩子呀,总不能让他做贼!"您头也不回,迈着沉重的步履走了……

第二天,您把我叫到校园外的林荫道上。我跟您走了一会。然后您停住,把您那双纤细温软的手放在我紧缩的肩头上,久久地,您说:"石磊,你知道诚实是世界上最宝贵的吗?"我点点头。"那么告诉我,孩子,那首诗从哪儿来的?"您站到我对面,用一双充满爱护之情的眼睛看着我,直截了当地问道。我结结巴巴地分辨:"我……我自己的,自……自己的!"您失望地摇了摇头。您不信任孩子,所

枫叶船

以，您势必要低估一个孩子的创造力。对孩子创造力的低估，又反过来促使您不信任孩子。更何况我才十四岁就写了一首诗并且发表了呢？要么是神童，要么是剽窃——这是当时您心中的公式，我没有枉说吧？方老师！然而，在您心目中，我这个瘦骨伶仃、郁郁寡欢、带有神经质的孩子，当然不是神童。于是，您要做的只有一点：拯救一个失足的孩子！我承认，您的品行是高尚的，您的感情是深沉而感人的。你有——也只有教师才有的那种用心去洗涤孩子灵魂污点的神圣感和荣誉感。您庄严的面孔和沉稳而温和的声调，如今想起，真会使人联想到深邃空洞的教堂里一位真诚坦然、负有指引人走向圣洁的天堂的牧师！可是方老师，您想过吗？您一开始就把孩子放在了一个与您不平等的地位上，失去了对他们尊重和信任的可能性！从而我注定要在心灵上留下一道深深的创伤！

不知沉默着走了多久，您在路边的绿色长椅上坐下了。然后，您用双手轻轻地把我拉至您的胸前，宽厚而又绝不容忍地说："说了吧！"当时有风，您轻柔的头发不断地抚摸着我的脸颊。不知为什么，

## 花指头
HUAZHITOU

我哭了。您用手给我拭去眼泪:"哭一哭也好,让眼泪给你洗去这块污渍!"我突然大叫起来:"那诗是我自己的!是我自己的!!"我双手互抱放在胸前,用眼睛看着您。敬爱的方老师呀,那时您实在应该仔细地看看我那双含着泪珠的眼睛啊!它是我无瑕的心灵敞开给您窥视的窗子,然而您没有,却愤然转过身去:"知道吗?认识错误有个时间问题!"我使劲用牙齿咬着破损的袖口:"我没有偷……没有呀……"您伤心而又决然地说:"真想不到,石磊,你一个十四岁的孩子竟学会这样!不行,你必须很快打掉你那危险的虚荣心!"您用手抚摸了一下我的头。老师,难道,您的手没有感觉到我的整个身心在战栗吗?没有,因为您长叹了一口气,丢下我走了……

我很快又被叫进办公室。这一次是校长主审,您陪审。当然,什么结果也没有。您真的怒了,用手推了推老是下滑的眼镜,拍着桌子:"出去!"我就出去了。

晚上,您又到舅母家,心平气和、苦口婆心地开导我,大讲"真诚"、"品德"之类。最后您甚至

枫叶船

用一种颤抖的、似乎带泪的声音求我:"认错吧,孩子!不然,我心里……"您十指交叉放在胸前,来回不安地走动着。您为您的孩子而焦愁,而痛苦。我的心不禁怦然一动。然而,我还是拒绝了:"我没有错!"您双手索索发抖,不停地指着我的鼻子,气得说不出话来……

第二天,您开始在学校的广播里向所有的孩子不指名道姓地批评我了,最后您意味深长地说:"我们在耐心地等待着他……"

您当然不可能等待到。于是只好公开在班上点名了,并且立即发动全班的同学"伸出友谊的手来拉你们的伙伴一把"。那时我才十四岁,十四岁呀!一个十四岁的孩子,是没有多少反抗的力量的,更何况他没有一个强大的父亲!同学、老师、家庭和社会似乎都在圆目怒瞪我这个行为不良的"偷儿"。我觉得眼前是翻滚的浪潮,漫天的飓风。我抖索了,害怕了,夜里做梦大喊大叫,冷汗淋漓。我至今也不责怪他们。因为,方老师,他们的这种愤然、蔑视的情感源于您——一个班主任善良的但却是错误的判断!

# 花指头
## HUAZHITOU

在如此凌厉的攻势和沉重的力量面前,一颗未经人间世故、未经时间磨砺的嫩稚的心终于无法承受这一切而屈服了。我站起来,用手指使劲地抠着课桌,哭着承认:"是的……那诗……是……是偷的……"我趴在桌子上痛哭失声,两只脚不停地搓擦着地面。我感到双手发麻。我大声叫道:"妈妈……"然而您——方老师,却把一个孩子委屈良心和丢失自尊后的痛苦看成从错误的泥淖中竭力挣扎出来时的难受。您叫所有的孩子都退出,然后从高高的讲台上走到我的身边,爱抚地:"好了,孩子!"我抬头一看,您眼里也汪满泪珠,慈母般地微笑着……

我低垂着脑袋,走到了城外的大河边。河水清澈照人,映得出天空任何一丝淡淡云彩,可它洗涤不净一个孩子心灵上并非由于他自己的过失而落下的污点。坐在河边,我失神地瞧着迷茫的对岸:我那带红帆的小船呢?它已到达对岸了吧?是的,它一定到达了!当我想离开河边时,偶然侧目一瞥,我却瞧见了那只小船:它侧沉在不远处的水边。是大风折断了桅杆?是巨浪击翻了它?那面红帆宛如一面倒下的旗帜!

枫叶船

　　我拼命跑过去，把船抱在怀中，对着它无法到达的对岸大声号啕，泪珠落在那面依旧鲜艳的红帆上……

　　晚上，我给妈妈写了一封信，信的结尾是含泪的呼唤："妈妈，带我离开这里吧！"

　　一个黄昏里，妈妈来了，第二天天刚拂晓，她就匆匆地带我离开了这里——我童年生活的地方。当我跟着妈妈路过校门时，我双手抓住了清凉的铁栅栏在心里轻声说着："方老师，请你原谅一个不辞而别的没礼貌的孩子吧！再见了，城市！再见了，学校！"

　　我走了，来到了人烟稀少的荒原。多好！过去的一切，不管是愉快的还是怨恨的，都随着千里路程、大山长河、森林和草地被割断了。我将在新的家庭、新的学校、新的人群、新的氛围里开始新的生活。我不禁在留恋故乡之余而暗暗庆幸自己获得一片崭新的天地。我觉得我又是一个我！可是不行，方老师！我很快发现，我丢下了睡了十四个年头的那张吱吱呀呀的小床，丢下了那只陪伴着我的小猫，丢下这，丢下那，心灵上的阴影却怎么也丢不掉，

## 花指头
### HUAZHITOU

它像幽灵似的附在我身上,伴随着我一起流落到这片荒原上。历史是割不断的,哪怕只是瞬间的历史。那面使我陷进幸福遐思而又使我蒙受心灵创伤的红帆,不时地在我的记忆里飘动!我是个多疑而伤感的孩子。我时常觉得荒原上的人,也统统知道我偷过诗,是个不知羞耻的小偷儿!悔恨于失足的母亲,对于失足的产儿的"失足",越发不能宽容。她责问我,为我的耻辱而泪流满面。我的性格变得极为古怪,什么事情都愿闷着,竟然不愿向她解释一句,只是听她歇斯着数落我。我的心灵更为闭合。我躲避着目光,躲避着人声,躲避着纷扰的外界,原来喜欢到城外的大河边去独坐,现在喜欢去这里的沙丘旁侧卧。风把金色的沙丘吹成一道道环形的波痕。常常地,眼前的沙丘变幻成涌着一道道翠浪的大河,只见一只挂红帆的小船儿在浪间行驶着。眼睛一眨,它又倏然消失,眼前依旧是一片似乎凝固了的没有活力的大漠。

方老师,这二十多年里,不知你曾有没有过这样的思考:那件事不会摧毁一个孩子心灵深处刚刚萌生的对未来和前途的自信力吗?不会使他幻想的

## 枫叶船

嫩翅折断吗?不会使他那正在奠基的积极向上、昂扬奋发的人生观发生动摇吗?是的,除了多疑,我对自己失去了信心,并且觉得这个世界总是冤枉人的,人世间并无信任可言!十八岁那年,我在笔记里写下了这样一段话:"我的生命之船呀,那面鲜艳的红帆落下了,落下了!它只能永远在人生长河的这边梦中萦绕那五彩纷呈、理想所在的彼岸!"

方老师,责怪您的学生不该如此心灰意冷、自暴自弃吧!大地在,太阳在,江河日夜长流,四周充满空气,何必消沉!是的,我也常常这么想,并尽力鼓起生命之船的风帆。然而,方老师,那件如今看来微不足道的小事,落在当年一个没有父亲、受到舅母欺凌的十四岁孩子身上,留给他心灵的创伤确实过于深重了。说来也许会使您伤心,如今我已三十好几的人了,那心灵的创伤还常常隐隐作痛!我早已抛弃对诗人桂冠的追求,但依旧迷恋着诗。朋友们看到我的诗,都说我选择医生的职业简直是最大的糊涂,说我实在是耍笔杆子的材料,应当去做诗人。他们竭力鼓动我投稿。我冲动了一下,然而,我很快想到那首《枫叶船》:人家不会说是偷的

## 花指头
### HUAZHITOU

吗？作为医生，我并不全信那个奥地利医生弗洛伊德的"犯罪心理源于他少年时代的过失"的精神分析说，更何况，我并未有什么过失！但我承认，少年时代的心灵创伤，的确是难以愈合的。我甚至以为，它将随着我走尽全部的人生旅程！

方老师，当我诉说完这一切，我诚恳地请求您不必难过，更不必抱愧，尤其是不必自谴。因为，如果说我是个具有悲剧性色彩的人物，那我必须承认，在本人的性格里沉淀着伤感、软弱、自扰、过于自尊这些人类的弱点。直到现在，我始终觉得您是爱我的。我永远也忘不了您那双含泪的眼睛！

如果说，我还憎恨这件事情，对您本人，我却并无一丝恨意。随着岁月的流逝，加之我于医学院毕业后又分回到这阔别二十余年的城市，时间远了，空间近了，不愉快的事情在时间里淡漠了，眼前所见却唤起许多美好的回忆。您想象不到吧，我们最近几乎每周见面呢。您知道您周末来医院看病，坐在您面前的那个戴口罩的医生是谁吗？第一次见到您，我简直不敢相信自己的眼睛。您衰老了，一头青丝而今变成苍苍白发。您迈着稳重但显然蹒跚的

枫叶船

脚步走到我面前,然后轻轻坐下,用由于吞了过多粉笔灰而沙哑得发钝的声音,向我缓缓地诉说您的病情。我一句没有听见,因为,我在看您:您那昔日丰满红润的脸庞瘦小了,肌肉松弛,尤其是那对精心批改作业、细心观察孩子的眼睛,垂着两个叫人心疼的眼袋。您那双紫斑点点的手,立即使我想到沙丘上,在被风暴肆虐之后那酸枣树显现出来的弯曲嶙峋的老根。当时我的心禁不住一阵酸楚,想一把抓住您的手,叫一声:"方老师!"然而不知由于一种什么感情的驱使,我用手捂了一下脑门,把只有医生才用的大口罩往上拉了拉。我开始给您看病。听诊器所听到的心声,手指所感到的脉搏跳动告诉我,您的心力明显衰竭!反复检查的结果是:您没有病,只是太累太累了。当我说到您该从您的岗位上撤下来,停止您的工作时,我看到您顿时像一个孩子被人剥夺了什么宝贝东西而惊慌失措了。继而,您用求援的目光看着我:"不,不,医生,您想想办法,您是有办法的!"我知道,如果真的让您失去那些吵闹淘气的孩子,只会加速您的衰老,缩短您生命的进程。最后您同意半休。可是您欺骗了

## 花指头
HUAZHITOU

您的医生,我给学校打了电话,得知您依旧从早到晚在学校里大吵大喊的——您是校长了。不知为什么,我总是担心您会有一天拿着教鞭倒在课堂上。于是,我决定您每周周末必须来医院治病。

敬爱的方老师,如果您的学生还能给您一丝宽慰的话,就是:他的医务工作干得还并不坏哩!

老师,此刻,我心里感到从未有过的轻松和熨帖,一切都似乎化为烟云,飘然从心底逸出。请您把我的儿子拢到您的胸前(噢,他比他父亲可出息多了,富于幻想,很聪明,已经会写诗了),然后请您安坐,垂下您那疲倦的沉重的眼帘,把那双抚摸过无数孩子肩头和头发的手,安静地平放在扶手上,让我的儿子轻轻地、轻轻地再把那首美丽的小诗吟诵:

　　　　船儿远航了,远航了,
　　　　啊,竖一面漂亮的帆,
　　　　那边有森林和草地,
　　　　还有小溪在欢淌,
　　　　燕雀和松鼠一起在枝头跳舞,

**枫叶船**

每一片叶子都会弹唱，
啊，童话一样的对岸！
驮着我的梦，
装着我的歌，
船儿呀，你飞驰吧，飞驰吧！
噢，风，噢，河水，
你静静点、静静点，好吗？
千万别把我的小宝宝碰翻！
啊，小红帆，小红帆，
我心中的小红帆！

　　　　　　　　　您的学生　石　磊

# 鸟船

曹文轩美文朗读·珍藏版
CAOWENXUAN MEIWEN LANGDU ZHENCANGBAN

不知过了多少天，小鸟们一只一只啄破蛋壳，颤颤抖抖地来到这个世界。

小船很高兴，因为这些小小的生命是在它的舱里诞生的。

大鸟们开始紧张地捕食，小家伙们整天朝天空张大着嘴巴，等待着食物。

大鸟们开始紧张地捕食，小家伙们整天朝天空张大着嘴巴，等待着食物。

大鸟们还没有回来，饥饿的小家伙们不停地叫唤着。

小船便轻轻地、有节奏地摇晃起来。它就成了小鸟们的摇篮。摇啊，摇啊，小家伙们渐渐安静下来。

——《鸟船》

## 花指头
### HUAZHITOU

一夜狂风暴雨，小船的缆绳"咔嚓"断了！随即，失控的小船疯狂地漂流开去。

天亮后，小船发现自己已漂到对岸的芦苇丛中。它想回到大河上，可是大河的水位已经降低，它搁浅了。

它的主人，一个小男孩正沿着大河，焦急地寻找它。

它听到了他的大声呼唤，但它却被茂密的芦苇严严实实地遮挡着。

沙哑的呼唤声一直持续了半个月还没有停止。

它却只能孤单单地望着天上一轮清冷的月亮。

这天，不知从哪儿来了一群孩子。

一个孩子大声叫道："船！"

随即，他们便都"哗啦啦"拨开芦苇来到了它身边。

不一会儿，他们将它想象成一条海盗船，而将自己想象成一个个海盗，统统爬了上去，大呼小叫："开船啦！开船啦！"

他们好像看到了过往的船只，而它正行驶在波涛汹涌的大海上。

既然是一艘海盗船,那么就应当有桅杆和帆。

芦苇丛中恰巧有一根长长的木头,他们把它拖来,竖立在了船上。

没有帆,他们就脱下衣服拴在桅杆上。

风一吹,衣服鼓胀了起来。

他们爬上爬下地一直玩到太阳落进西边的芦苇丛中。

一个孩子望了一眼西边的天空:"天晚了,该回家了!"

一会儿,就都没影了。

飞来了一对白色的大鸟。

它从未见过这么大的鸟,它们展开双翅时,几乎和它的身体一般长。

它原以为它们天黑之前就会飞走的,却没料想到它们会留了下来。

月光下,它们相拥着,在船头安静地睡着了。

它却没有睡,它睡不着。

过了两天,两只大鸟竟然在船舱里开始做窝。

雄鸟叼回树枝、芦苇和草,雌鸟一一接住,细心地编织着。

## 花指头
### HUAZHITOU

这天黄昏，一个又大又漂亮的鸟窝做成了。

两只大鸟很高兴，在船头轻盈地跳起舞来，然后又欢乐地鸣叫着飞上天空，优美地盘旋着。

雌鸟下了一窝蛋。

蛋是淡绿色的，十分好看。

不知过了多少天，小鸟们一只一只啄破蛋壳，颤颤抖抖地来到这个世界。

小船很高兴，因为这些小小的生命是在它的舱里诞生的。

大鸟们开始紧张地捕食，小家伙们整天朝天空张大着嘴巴，等待着食物。

大鸟们还没有回来，饥饿的小家伙们不停地叫唤着。

小船便轻轻地、有节奏地摇晃起来。

它就成了小鸟们的摇篮。

摇啊，摇啊，小家伙们渐渐安静下来。

两只大鸟飞回来时，小船还在轻轻地摇着，看到小家伙们都很安稳地睡着，它们感激地用翅膀拍打着它。

这天，大鸟出去捕食时，来了一只狐狸。

小船感到十分担忧,但它能做的,就是不停地摇晃着自己。

  狐狸一惊,后退了几步,然后埋伏在芦苇丛中观望着。

  过了一会儿,狐狸又探头探脑地走了过来,并一下子跳到了船上。

  小鸟们惊恐地缩成一团。

  小船猛一抖,将狐狸抖落到了芦苇丛里。

  狐狸没有放弃,而是固执地又跳到了船上。

  小船充满了焦急:它们怎么还不回来呢?

  狐狸歪着脑袋看着船舱里的小鸟们,一串口水滴落在小鸟们身上。

  这时,拴在船头上的缆绳开始扭动起来,并且显得充满了力量。

  它慢慢地升起,在空中飘动着。

  在远处觅食的雄鸟与雌鸟正在迅捷地回飞。

  雌鸟一边飞,一边对雄鸟说:"不知为什么,我心里总感到有点儿不安。"

  雄鸟说:"我也是。"

  大鸟们飞得更快了。

## 花指头
HUAZHITOU

就在狐狸马上就要跳进船舱时，缆绳忽然高高扬起，紧接着在空中猛一抽，发出"啪"的一声脆响。

狐狸大吃一惊，慌忙跳下船去，钻进了芦苇丛中。

缆绳在空中不住地飞舞着。

当缆绳又一次将流着口水的狐狸猛地抽下船去时，大鸟回来了。它们巨大的影子和尖利的叫声吓得狐狸向芦苇丛中仓皇逃窜。

缆绳又慢慢地软了下去。

小船继续轻轻摇晃着，安抚着受惊的小鸟们。

两只大鸟不知如何感激小船，它们只能用翅膀深情地拍打着它。

小鸟们很快长大了，长得和它们的父母一样大。

又是一夜大雨，河水上涨，芦苇丛里有了浅浅的水。

小船感觉到了水，用尽全身的力气扭动着身子。

鸟们奇怪地注视着。

船头终于朝向了大河。

小船一个劲地朝大河挣扎着，无奈水太浅，无法前进。

雄鸟忽然明白了小船的心思,对雌鸟说:"它是想回到河里,想回家!"

一只聪明的小鸟飞了起来,用嘴巴衔着缆绳——缆绳一下子绷紧了。

其他的鸟一见,都飞了起来,用嘴巴衔着缆绳,一起用力,朝大河飞去,那只小船竟一寸一寸地滑向大河。

小船终于回到了它久别了的大河。

河上有大风。

雄鸟丢下缆绳,用双爪抱住桅杆,"唰"地展开了巨大的翅膀。

接下来是雌鸟。

再接下来就是一只一只已经长成大鸟的小鸟们。

它们一个挨一个地用双爪抱住桅杆,从上到下,都展开了大翅。

鸟翅组成一道美丽的大帆。

小船向对岸迅速驶去。

远处,一个小男孩正坐在码头上眺望大河……

# 花指头

曹文轩美文朗读·珍藏版

CAOWENXUAN MEIWEN LANGDU ZHENCANGBAN

皮卡把两只手张开看了看,觉得自己的小手被打扮得很好看。他想到几个姑姑用凤仙花染手指甲的情景。他觉得,他现在的手,比染了红指甲的手还好看——姑姑们的手指甲只有一种颜色,而他的手指头却五颜六色。他很得意自己的这一发现和创造。

——《花指头》

# 花指头
## HUAZHITOU

# 1

皮卡有许多怪诞的行为。

比如,他喜欢咬他的衣角。他总是趁人不注意时,一把抓住衣角,塞到嘴里。他咬得有滋有味,直到把衣角弄得湿漉漉的,仍然不肯松口。三姑把衣角从他口中夺走,并警告他:"不许再咬!"可是过不一会儿,他又会抓起衣角塞到嘴里。没有多久,衣服的衣角都被他咬坏了。

再比如,他喜欢抓着一副扑克牌,死活都不肯松手。

那天,四个姑姑玩扑克,他站在椅子上捣乱,不时地伸手过来抓牌,甚至从姑姑们手中夺牌。姑姑们就把打出的牌统统给了他:"这些都是皮卡的。"皮卡就将桌上打出的牌都抓到自己的手上——她们打一张他就抓一张,最后,把一副牌统统抓到了自己手上。抓到手上,就再也不肯撒手,无论姑姑们怎么样哄他松手,都不能动摇他。他就这样抓着这副扑克牌,他喜欢抓着这副扑克牌。大姑、二姑要上班,四姑要复习,算了,不打了。

从此,皮卡就一天到晚地抓着这副扑克牌,谁也不给。甚至到了夜里,他都抓着它——抓着它才睡得扎实,如果趁他熟睡轻轻把扑克牌取下,一会儿他就醒来。这时,必须要把扑克牌赶紧塞到他手上,不然,他马上就会哭闹起来。

经过一段时间之后,皮卡对手中的五十四张牌都清清楚楚,只要少了其中一张,不用清点,他马上就能感觉到。必须找到,不然不干。

三姑带着他走东又走西,他就把牌抓在手中。左手抓累了,就换右手。右手抓累了,再换左手。尽管他小心翼翼,免不了总有滑落的时候。因此那些日子,全家人老是为找一张牌而花上很多工夫。有时实在找不到了,就用一副新牌来替换,那是皮卡绝对不干的。他只要这副已经被摸得黑乎乎的、卷了角的、还有汗臭味的旧牌。

这天,又不知在什么地方丢了一张牌,皮卡很快就发觉了。皮卡发觉牌丢失,并非是检查后发现的,纯粹出于感觉。对此,大人们都无法解释。唯一的解释,是由爷爷作出的:他其实并不知道究竟

## 花 指 头
HUAZHITOU

丢了哪一张牌,但他的手能够感觉到多少,少了一张牌,就薄了——就这么一点儿变化,他都能知道。

三姑,还有奶奶,立即去找。她们去了皮卡去过的所有地方,都未能找到这张牌。皮卡往地上一坐,不断地蹬着双腿,又哭闹起来。总是很有办法的爷爷想了一个办法。他用一块和扑克牌差不多厚薄的纸板,照着扑克牌的大小,剪下一块,悄悄插到了皮卡手中的牌里。皮卡果然不哭了。

但这种欺骗只维持了一顿饭工夫。

从皮卡停止哭闹那一刻开始,皮卡的眼睛里就一直充满疑惑。不过,他一直把牌紧紧抓在手中,并没有立即检查。全家人以为可以蒙混过关了,不禁都松了一口气,就在这时,皮卡轻而易举地就从一沓牌中抽出了那张冒牌货,并开始大声哭闹。

与以往的哭闹不同的是,这次的哭闹充满了愤怒。直到四姑从草丛中终于找到了这张牌,才总算停息了皮卡的伤心和愤怒。

奶奶指着皮卡的鼻子:"你这小东西也太难带了!"

大姑说:"再闹,就把你送回北京!"

皮卡听懂了,咧了咧嘴,大姑一见,忙把皮卡搂到怀里,一顿狂亲:"大姑说了玩的!皮卡哪儿也不去!皮卡就在奶奶家!"

两个月后,皮卡却突然就对手中的牌失去了兴趣。

那天,三姑抱着皮卡到镇上,他趴在三姑的肩上,把一张牌丢了出去。那张牌就在风中飘忽着,然后落到地上。他又开始丢第二张、第三张……风大了起来,牌在空中翻滚、飘荡,很好看。皮卡很有耐心,等上一张快落地了,再丢下一张,一张、一张……他看到了一次又一次不一样的翻滚和飘落。

大路上,一张一张的牌,很均匀地散落着。

三姑带着皮卡去医院看大姑。大姑一边忙,一边与三姑说着话。说着说着停住了,望着皮卡空空的两手,叫了起来:"皮卡手里的牌呢?"

三姑一惊,再看皮卡,两手空空,忙问:"牌呢?"

皮卡诡秘地笑笑,一拍巴掌,两只小手一摊,那意思说:没了!

从此,皮卡对牌看都不看一眼……

## 2

村里要办一个幼儿园。

油麻地小学正好有一个带院子的空屋,三姑便做了幼儿园老师。

三姑每天把皮卡带到幼儿园,一边带他,一边带其他几十个孩子。

皮卡很高兴,因为他可以和那么多的孩子在一起玩耍。皮卡毕竟是城里孩子,又因为他是校长的孙子,乡下的那些孩子都有点儿奉承他。皮卡很有风格,什么玩具也不与他们争抢,并在三姑给他糖块时,他会要求三姑给其他孩子也每人分一块。那些孩子一边嚼着糖,一边乐,皮卡也乐,三姑更乐。三姑回家对爷爷奶奶和其他几个姑姑们说:"我们家皮卡很懂事。"

三姑要教孩子们画图画。

画什么呢?三姑看看窗外的大河,决定画一轮太阳,画一条河,再画一丛芦苇。她把画画在黑板上,再用五颜六色的粉笔抹上颜色。然后,她让孩

## 瞧瞧我的手指头

子们拿出各自的彩笔往纸上画。

三姑给皮卡也准备了一张纸，一套彩笔。

皮卡也有小桌子和小凳子，和孩子们坐在一起。

当其他孩子歪着脑袋趴在桌上很认真地画画时，皮卡却没有画画——他对笔套发生了兴趣。

这种兴趣是无意中发生的。

他把一支笔的笔套套在了手指头上，不大不小，感觉很特别。那套彩笔正好十支，他把其他九支的笔套也都一一拔下，分别套在了其他九根手指头上。这些笔套好像专为他的十根手指定做的，套在手指头上，不松不紧很合适。

皮卡把两只手张开看了看，觉得自己的小手被打扮得很好看。他想到几个姑姑用凤仙花染手指甲的情景。他觉得，他现在的手，比染了红指甲的手还好看——姑姑们的手指甲只有一种颜色，而他的手指头却五颜六色。他很得意自己的这一发现和创造。

他有节奏地并拢着手指，笔套与笔套相碰，发出盔甲般的声音。

皮卡想：应当让三姑看到。

# 花指头
## HUAZHITOU

三姑正在教一个孩子画画,并没有注意到他。

皮卡叫了起来:"三姑!"

三姑掉头一看,皮卡高高地举着双手,正在向她炫耀着。

三姑看了,很惊奇,并且也觉得很好看。三姑想亲皮卡一下,但三姑没有这样做,因为现在正在上课。

皮卡站了起来,并转而对其他孩子叫了起来:"看!看!……"

孩子们都掉过头来,见皮卡十只手指头都套着笔套,觉得又好看又好玩,不画画了,不由得都模仿起皮卡,把笔套一一拔下,套在手指头上。

不一会儿工夫,三姑的眼前都是举着的手——手指头都带着笔套的手。

三姑从没见到过这样的情景,也从未想到过这样的情景,也不知是什么原因,莫名其妙地很兴奋。

孩子们就这样高高地举着手指,并互相欣赏着,笑嘻嘻的,特别的快乐。

皮卡看到因为他的发明而带来这番情景,得意得很。

瞧瞧我的手指头

一个孩子偶然用带了笔套的手指敲了敲桌面，发出了的的笃笃的声音，很清脆，像乐声。这声音鼓舞了那个孩子，他把十根手指头都放到了桌面上，像弹钢琴一般弹打着：的的笃笃、的的笃笃……

这声音吸引了所有孩子，于是也都把十根手指头放到了桌面上，像弹钢琴一般弹打着。

一片的的笃笃的声音。

三姑的美术课变成了音乐课。

皮卡跑出了幼儿园。

皮卡还要举着双手给爷爷、奶奶、二姑、四姑和其他人看。他先去找了爷爷。

爷爷正站在办公室的走廊里与几个老师说话。

"爷爷！"皮卡高高地举起双手：瞧瞧我的手指头！

"啊，好看！"爷爷说。

"好看，好看！"几个老师也赞叹道。

皮卡又往家跑，大老远就对在菜园里干活的奶奶叫道："奶奶！"高高地举起双手。

奶奶一时看不明白。

皮卡就不住地合拢指头，让那些笔套互相碰撞

## 花指头
HUAZHITOU

发出声音来。

奶奶明白了:"嗯!好看!"

皮卡又去找二姑和四姑,都得到了同样的赞叹。找二姑时,二姑还正在上课,皮卡跑进了二姑的教室,一句话不说,只是把双手举在二姑面前,四五十个孩子一个个眼睛亮闪闪地看着,不是二姑回头用眼神阻止了他们一下,几乎要欢呼起来了。

全家人谁也没有想到,就此,皮卡再也不肯将笔套从手上取下了。

皮卡很容易对一件事情着迷,甚至走火入魔。而且有些事情看上去是毫无意义的、莫名其妙的、滑稽可笑的。但皮卡不管。谁也无法阻挡皮卡,除非皮卡自己忽然在一天早上对这件事情不感兴趣了。

现在,皮卡喜欢将十只笔套戴在他十根手指头上——一天二十四小时戴着。

一只都不能取下,必须是十只。

对于皮卡来讲,这是完美。

在后来的差不多两个月时间里,皮卡就一直戴着这些笔套。无论去哪儿,都得戴着。

手总得洗一洗吧?

每洗一回,都必须反复做他的工作,要有种种允诺。

经过很艰难的谈判,他最终答应了洗手。但时间不能太长。姑姑们早已准备好清水与肥皂,皮卡一旦答应,几个姑姑一起,连忙动作,摘笔套的摘笔套,洗手的洗手,擦手的擦手,戴笔套的戴笔套。经过几次配合之后,姑姑们已做到配合默契、一丝不苟、一气呵成。整个过程让姑姑们充满了快意。当皮卡在干干净净的手指上重新戴上同样干干净净的笔套后,姑姑们一脸胜利的喜悦。

爷爷看着眼前几个姑姑富有节奏感的甚至富有旋律感的劳动,说:"哪一天皮卡对笔套再也不感兴趣了,你们几个大概还不习惯呢!"

与抓握那副扑克牌一样,皮卡即使睡觉,也必须将笔套戴在手指头上,只要有一只滑落,马上就醒。

因十只手指上都戴着笔套,皮卡不便用勺吃饭,改由三姑喂饭。

奶奶说:"越长越回去了!"

## 3

这天傍晚,一只放电影的船停在了油麻地打谷场旁的河边上。

晚上要放电影,消息早在两天前就已传遍四面八方。

这是乡村的节日。

在电影船到来前的那几天,这里的人们所谈论的话题往往都是关于放电影的。这里的孩子们自从听到要放电影的消息后,就开始兴奋,并在奔走相告之中,变得越来越兴奋。上学的孩子再也没有心思学习了。人坐在课堂上,心思都在几天后的电影上,收都收不回来。那几天,上课的老师就会比往常更多地用教鞭敲打黑板或用黑板擦敲击讲台,警示那些魂不守舍的孩子们。

皮卡还小,看不太懂电影,但皮卡也会被周围的气氛所感染。自从来到爷爷家,他已经看过好几场电影了。每次都很兴奋。他兴奋是因为别的小孩子都兴奋。他喜欢,不是因为电影的内容而喜欢,而是因为电影本身,它的光影,放映机咔嚓咔嚓地转动,在风中鼓动着的幕布,在幕布上跑动的骏马、牛羊以及飞机大炮的激烈战斗。他甚至还分不清好人和坏人的军队,看见大炮轰鸣就激动,无论是自己人的还是敌人的。

现在,他和其他孩子一样,在等待夜幕降临。

姑姑们早早给皮卡喂了饭,换上了厚一点儿的衣服,现在虽说是春天,夜晚还是很凉的。

四个姑姑们商量好了,看电影时都在一起,这样好轮流着抱皮卡。万一人群动荡起来,也好形成一堵墙保护皮卡。

皮卡是爷爷奶奶的王,是四个姑姑的王。

出发前的一刻,大姑忽然注意到皮卡手上的笔套,说:"把皮卡手上的笔套取下来吧,那么多的人,准要挤掉的。"

大家都觉得有理。

三姑对皮卡说:"把笔套先拿下吧。"

皮卡摇了摇头。

三姑说:"一回家,就给你戴上。"

皮卡摇了摇头。

## 花指头
### HUAZHITOU

二姑把脸贴在皮卡的脸上哄他:"打谷场上都是人,万一挤掉了,到哪里去找呢?皮卡可听话了,摘下来好吗?摘下来放在二姑口袋里,二姑给你保管,一只也不会丢掉的。"

皮卡说:"不!"

他就是要将十只笔套戴在手指头上看电影。

外面有小孩子呼哧呼哧地在跑动:"电影要演啦!电影要演啦!"

得赶紧去抢个好位置,四个姑姑只好放弃了对皮卡的劝说,赶紧往打谷场走。

一路上,四个姑姑既担忧,又不太担忧。因为她们深知,皮卡手头上的东西,一般是很难丢失的。从皮卡抓着他的那一只鞋子来到爷爷家的那一天开始,姑姑们就已经看明白了这一点。

找好位置,放上两张凳子,稍微定了定神,电影便开始上映了。

在电影上映过程中,打谷场就一刻也没有安定过。看不到的想看到,于是就往前挤,整个打谷场就像一条大河,一浪一浪地往前涌。前面的人不干,就会在黑暗中结成统一的力量,于是,又一浪一浪地往后涌，无论是往前涌还是往后涌，都会听到哎哟哎哟的叫唤声和带着哭腔的骂声。

姑姑们选择的位置还算好，前后都有很强壮的小伙子。他们都愿意保护姑姑们和皮卡，无论人浪向前涌还是向后涌，他们都会坚决地抵抗。

打谷场上的秩序直到电影中响起隆隆的炮声，才终于好转。

几十门大炮，"一"字摆开，一颗颗粗硕的炮弹被奋力地填进炮膛，炮口一团火光，那些炮弹穿过空气，发出尖啸，轰隆隆落地，炸出一大团一大团泥浪。

所有的眼睛，都睁得大大的。

皮卡紧紧地搂着三姑的脖子，颤抖着却又激动着看着飞过炮弹、硝烟弥漫的银幕。

这部电影很奇怪，它好像是专门演示打炮的，那些大炮声差不多从开始一直轰隆隆打到结束，直到银幕上出现一大片俘虏为止。

皮卡就在炮声中一惊一乍的。

散场了，无论是大人还是小孩，在大炮的强烈的震撼中不能平静下来。明明只剩下一块白色的幕布了,隆隆的炮声,却还轰鸣在耳畔。

　　姑姑们也一样,找着凳子,抱着皮卡,响着炮声往家走。一个个惊魂未定的样子。

## 4

　　回到家好一会儿,准备安顿皮卡睡觉时,四姑突然间发现皮卡的手上少了一只笔套!

　　四姑差一点儿叫了出来。

　　她终于没有做声,把大姑、二姑、三姑拉到一边,轻声说:"皮卡手上少了一只笔套!"

　　使姑姑们不能理解的是:皮卡为什么到现在还没觉察呢?

　　爷爷奶奶也走过来,轻声问:"怎么了?"

　　"皮卡手上少了一只笔套!"

　　爷爷说:"丢在哪儿,也不知道。天黑,没法找。都别在他面前提笔套的事,哄过这一夜再说。"

　　四姑问:"家里有多余的笔套吗?"

　　三姑回答:"没。"

　　一家人装成若无其事的样子。

皮卡丢失了笔套、丢失了笔套又不能很快发觉，全是因为大炮——大炮都把他轰懵了，使他完全忘记了手指头上的笔套。

皮卡居然睡下了。

全家人不由得松了一口气。

可是灯刚一熄灭，枕在三姑胳膊上的皮卡就开始在黑暗中疑惑起来。他虽然没有动，但三姑知道完蛋了！

"三姑！"皮卡小声地叫了一声。

三姑想佯装睡着以便让皮卡放弃关于笔套的念头，但皮卡坐了起来，并用力晃动着三姑的脑袋。

三姑知道今夜是很难过去了，只好问道："皮卡，怎么了？"

皮卡说："笔套丢了！"

三姑说："现在已是深夜了，你快点儿睡觉，明天一早，三姑就去给你找。"

"不！"皮卡坐在那儿，蹬着双腿。

"皮卡要乖。"

"不！"皮卡已经有了哭腔。

全家人都没有睡。大家都熟悉皮卡的脾气。用

# 花指头
## HUAZHITOU

奶奶的话说："犟种！"没有任何人，也没有任何力量可以让皮卡改变主意。皮卡的念头，就像一把悬在一头饿牛面前的嫩草，牢牢地牵引着皮卡。

大姑拉亮了灯，索性光明正大地与皮卡进行谈判。

"你同意明天去找笔套，那大姑明天就从医院给你带回两支针筒让你滋水玩。"

"不！"皮卡只会吐一个字，很坚决，没有余地。

"你同意明天去找笔套，那二姑明天就带你去镇上买那辆小汽车。二姑知道你喜欢这个玩具。"

"不！"

所有人都参加了谈判，价码越给越高，但都未能使皮卡动摇。

爷爷看着这形势，知道这样僵持下去，除了皮卡号啕到天亮，大概没有什么其他结果，便第一个穿上衣服，说："别再啰唆了，起来吧，找吧！"

大姑对爷爷说："其实，最没有原则的就是爸爸！"

爷爷笑笑。

奶奶对爷爷说："就你最惯他，都惯得没人样了。"

一家人这么说着,却都穿上衣服,浩浩荡荡地出了家门。拿手电的拿手电,提马灯的提马灯,沿着去打谷场的路,一路找过去。

有一个老师出来解小便,见这深更半夜的有一行人在低头寻找什么,先是一惊,看清楚是爷爷一家,问:"校长,你们一家在找什么?"

爷爷说:"笔套"。

"什么笔套这么重要呀?"

奶奶说:"小东西手指头上套的笔套丢了一只。"

那个老师笑了笑,去厕所撒完尿,觉得四周是凉气,赶紧回了房间,上了床,又笑了笑。

一家人一直找到打谷场。

望着那么大一片打谷场,一家人都感到很绝望。

打谷场还不是一片光溜溜的打谷场。看电影时,没带凳子就地坐下的人,从草垛上拔了许多草,用来垫在屁股下,散了场,打谷场上便是一地乱草。

这么一个小小的笔套到哪里去找?

## 花指头
HUAZHITOU

但全家人还是弯着腰,全神贯注地找着。他们不是用手去翻草,就是用脚踢翻了草。四姑不知从哪里找来一根木棍,把地上的草不住地挑起来。

而这时,三姑背上的皮卡却在仰望着星空。

"天上有只鸟!"皮卡很激动地告诉大人们。

众人都抬起来去看天空:真的有一只夜行的鸟。

不知为什么,一家子人都扑哧一声笑了起来。

奶奶说:"明天就给他爸打电话,让他马上回来把他这倒霉儿子带走!"

爷爷说:"你舍得?"

奶奶说:"我有什么舍不得。"她一边哗啦哗啦地翻草,一边说,"活脱就跟他爸小时候一模一样!"

大姑说:"不记得皮达啦?一个样子!"

大家边找,边乐。

四姑有节奏地挑着草,还一边挑一边唱。

"又是一只鸟!"皮卡说。

大家都忍不住笑。

远处有个走夜路的,问:"那边的人,在干什么呢?"

大姑嘀咕了一句:"管闲事!"

那人见不作答,更大声地问"那边的人,在干什么呢?"

二姑大声地回答:"找笔套!"

那人很纳闷,自言自语着:"找笔套?"走他的夜路去了。

大姑偶然看了一眼四姑,说:"就你那样,也能找到笔套!"

可是,大姑话音刚落,四姑大叫了一声:"找到啦!"扔掉了木棍,弯腰捡起笔套,又蹦又跳。

赶紧把笔套戴到皮卡那只指头上。

三姑警告皮卡:"再丢了,不可能再找了,绝对不可能!"

一家人往家走。

安静的夜空下,一家人从田埂上走过,听着麦子拔节的声音,心情都不错。

月亮已沉到了西边的树林里……

## 5

皮卡最终丢掉了笔套,是因为蜻蜓的缘故。

那天,皮卡看到菜园的篱笆上落着一只金黄色的蜻蜓,便蹑手蹑脚地走过去。不可思议的是,那只蜻蜓居然没有被皮卡所惊动,一直展着透明的翅膀,停在篱笆的一根竹竿上。

皮卡眼睛瞪得圆圆的,一直盯着蜻蜓。他的样子,很像一只伺机捕获猎物的小猫。

一旁说话的爷爷奶奶看到了,明白了皮卡的心思,立即停止了说话。他们也都瞪大眼睛,看上去比皮卡还紧张,还不由自主地躬下了腰——是另外两只猫,老猫。

皮卡一步一步地在靠近蜻蜓。

阳光下,蜻蜓的双翅在风中微微发颤,跳动着银色的光芒。它脑袋的两侧,闪耀着两颗迷人的光点。

皮卡已经很靠近蜻蜓了。他慢慢踮起脚,慢慢地伸出手。

蜻蜓

爷爷奶奶也不由自主地伸出了手，并也不由自主地做捏状。

蜻蜓不动。

爷爷奶奶的心，仿佛在嗓子眼里跳动着，气都不敢喘——其实，他们离皮卡还有二三十步远呢。

皮卡倒很沉着，他把手指捏成一个好看的三角形，一寸一寸地靠近蜻蜓长长的尾巴。

静得能听到空气流动的声音。

皮卡终于下手了！

爷爷奶奶激动得一拍巴掌，但很快就愣在了那里——明明看到皮卡的手指准确地到达了，却又见蜻蜓飞到了空中！

皮卡仰望着蜻蜓，一脸的失望。

爷爷奶奶赶紧过来安慰皮卡："有的是蜻蜓，等会儿，让姑姑们给你捉，捉它十只八只的！"

皮卡依然望着天空。

那只美丽的蜻蜓并未飞远，就在他的头顶上方轻盈地飞翔着。

奶奶说："明明看到你捏住了它的尾巴的呀，怎么飞了呢？"

皮卡低下头去看自己的手。

爷爷奶奶忽然明白了：皮卡因为手指头上戴着笔套，根本无法捏得扎实，所以才让到手的蜻蜓又飞走了。

其实，皮卡早就知道了原因。

他把笔套一只一只地抹了下来，扔到了地上。

奶奶又一只一只地捡起来。

皮卡跑了，他要去找另外的蜻蜓。

奶奶追在他的屁股后面："笔套！"

皮卡理也不理。

接下来的日子里，皮卡心中只有一个念头：捉蜻蜓！

人有一颗善良之心，活着大概才会安静。满腹狐疑，一腔仇恨，将人类当成防备的一支，睡着觉总要睁着一只眼睛，活着就太紧张，太伤身心，就会短寿。即使长久地活着，也活得很难受，很缺乏境界。要好好地看这个世界，就看到善的一面。更要看到善的一面。学会宽恕，学会容忍，学会运用善的力量去化解恶。既然这世界上有着仇恨，就更要关爱老人道的旗帜。文学永远便倒在爱的一面，写恶，而是揭露它，使之收敛乃至消亡，从而让善美丽地发扬于这个世界。

文学肯定要给人带来欢乐。但克制剂的欢乐，会带来轻浮之端并端，并会使人失去深刻的思考。文学当然要给人带来快感。但快感不仅仅只有欢乐。痛苦也是一种快感。没如何，痛苦之美是若干种美之中的最高等级的美。在享乐主义的今天，在文化趋向轻飘而逐步失去往日的注重、深沉、幽远和宏伟的今天，很有些逼人（自然包括孩子）痛苦的文字。有时流泪大概比欢笑更能解除心头之郁结。苦药与甜食，都美味。

# 曹文轩美文朗读
·珍藏版·

 哭泣的火焰

 黑暗中的游戏

 黑咒语

 红菱船

 大草垛

 古堡·影子

 花指头

 忍者脊梁骑大马